白蛇传奇
中国的魔法世界

Im Zauber
der weißen Schlange

Magische Einblicke in ein geheimnisvolles Land

○ HELMUT MATT (德) 著

刘 达、邓晓菁 译

外语教学与研究出版社
北京

图书在版编目（CIP）数据

白蛇传奇：中国的魔法世界：德汉对照／（德）马特著；刘达，邓晓菁译．－北京：外语教学与研究出版社，2009.9
ISBN 978-7-5600-8438-1

Ⅰ．白…　Ⅱ．①马…　②刘…　③邓…　Ⅲ.①德语－汉语－对照读物②故事－作品集－德国－现代　Ⅳ.H339.4：Ⅰ

中国版本图书馆CIP数据核字（2009）第174026号

出　版　人：于春迟
责任编辑：徐　珊
封面设计：蔡　曼
出版发行：外语教学与研究出版社
社　　址：北京市西三环北路19号（100089）
网　　址：http://www.fltrp.com
印　　刷：北京华联印刷有限公司
开　　本：787×1092　1/16
印　　张：11.5
版　　次：2009年9月第1版　2009年11月第2次印刷
书　　号：ISBN 978-7-5600-8438-1
定　　价：45.00元
＊　　＊　　＊

雷峰塔
Die Leifeng-Pagode

Inhalt

目录

一切都有个说法，
在每一个习俗的背后都蕴藏着深刻的涵义。
这，便是我在中国旅行时的领悟。

Alles hat eine Bedeutung und hinter jedem Brauch
steckte ein tieferer Sinn. Das habe ich bei meinen
Reisen in China gelernt.

—HELMUT MATT

Vorwort

China ist voller Geschichten, Mythen und Legenden. Trotz der umfangreichen Modernisierung in den letzten Jahrhunderten hat das Land eine kaum zu überblickende Fülle natürlicher, kultureller und geistiger Schätze bewahrt.

Alles hat eine Bedeutung und hinter jedem Brauch steckte ein tieferer Sinn. Das habe ich bei meinen Reisen in China gelernt.

Die Landschaften und Naturschönheiten des Landes stehen immer in einem engen Zusammenhang mit kulturellen Werten. Fast jeder Ort erzählt seine eigene Geschichte.

Zhejiang ist eine Provinz im Südosten Chinas. Für die Chinesen ist der Westsee von Hangzhou, der pulsierenden Hauptstadt der Provinz, einer der schönsten Orte des ganzen Landes. Auch Besucher aus dem westlichen Kulturkreis lassen sich für die alte Kulturlandschaft begeistern. Um die romantische Schönheit des Westsees in ihrem ganzen Zauber zu erleben, lohnt es sich, die Landschaft im Zusammenhang mit ihrer Geschichte und ihren Legenden zu betrachten. Die Legende von der weißen Schlange gehört zu den vier ganz großen Liebesdramen im Reich der Mitte. Wie eng diese mit dem Westsee, seiner Landschaft und seinen Menschen verwoben ist, wird hier beschrieben.

Die Geschichte selbst steht in einer untrennbaren Beziehung zu den Sitten und Bräuchen des Landes. Wenn man deren historische und tradierte Zusammenhänge kennt, ist es leichter den Rahmen der Handlung und die landschaftlichen Hintergründe zu verstehen.

序

中国是一个充满故事、神话与传说的国度。即使经历沧桑变迁，这个国家依然保留着无穷无尽的自然、文化和精神宝藏。

一切都有个说法，在每一个习俗的背后都隐藏着深刻的涵义。这便是我在中国之行中的领悟。

这个国家的人文与自然景观总是和文化价值紧密相连的。几乎所有的地方都在讲述自己的故事。

浙江位于中国东南部，其省会杭州是一个活力四射的城市，那里的西湖堪称中国人眼中最美的地方之一。来自西方的游客们也不禁会被这古老的文化景致所深深吸引。若要感受她全部的魅力与浪漫，应当把风景与当地的传说联系起来。《白蛇传》是中国古代四大爱情传奇之一*。本书向您呈现的就是这个故事和西湖风景及百姓生活之间的渊源。

白蛇的故事本身和中国的风俗习惯也有联系。如果对这段历史和传统的关联有所了解，就会更容易理解故事情节和作为背景的风景名胜。

单纯去复述《白蛇传》的故事并不是我写这本书的目的。毕竟，它已经有太多的版本和解说了。风光和传说构成了叙述的框架。情节和人物在这本书里得到了重新塑造，并且和故事发生的地点有着史诗般的联系。

* 另外三个故事分别是《牛郎织女》、《孟姜女》和《梁山伯与祝英台》。

Es stand nicht in meiner Absicht, die Legende von der weißen Schlange einfach nachzuerzählen. Die Vielzahl an verschiedenen Variationen und Interpretationen ließe dies überhaupt nicht zu. Landschaft und Legende bilden lediglich den Rahmen. Meine Erzählung lässt die Handlungen und die Personen neu entstehen und in einen eigenen epischen Zusammenhang mit den beschriebenen Orten treten.

Die Fotos stammen größtenteils von meinen Reisen nach Beijing und in die Provinz Zhejiang. Für die freundliche Überlassung der Illustrationen sowie einiger Fotos bedanke ich mich herzlich bei der deutschen Redaktion des chinesischen Auslandsrundfunks „China Radio International" (中国国际广播电台) und dessen Leiter Sun Jingli.

Ich wünsche mir, dass dieses Buch eine große Leserschaft findet und dazu beiträgt, dass wir China, seiner Landschaft und seinen Menschen mit mehr Verständnis und Offenheit begegnen können.

Helmut Matt

Herbolzheim im August 2008

书中所用的照片大多数是我在北京和浙江旅行时拍摄的。在这里也衷心感谢中国国际广播电台德语部及其主任孙景立先生慷慨授权我使用一些插图和照片。

　　衷心希望本书能拥有众多读者，为帮助我们以更知性和更开放的心态去感受中国的风土人情略尽绵薄之力。

　　　　　　　　　　　　　赫尔穆特·马特
　　　　　　　　　　　　　2008年8月于赫伯兹海姆

Der geheimnisvolle Jiaozi[*]

*Bei den meisten
anderen Versionen
geht es nicht um
„Jiaozi", sondern
um „Tangtuan".

Leichter Nieselregen benetzt die Haut. Hinter den zarten Schleiern aufsteigender Nebel erheben sich schattenhaft die Silhouetten fernöstlicher Gärten aus der unbewegten Stille des Sees. Kein Windhauch stört die tiefe Ruhe. Zeit und Raum verlieren ihre Macht. Die Schönheit des Westsees von Hangzhou zeigt sich zu jeder Jahreszeit in einer anderen Gestalt. Die mystische Poesie der Landschaft entfaltet sich besonders eindringlich an einem nebligen Regentag im frühen Sommer – eine Szenerie wie aus alten chinesischen Landschaftsgemälden. Die verzaubert wirkende Landschaft ist ein Ort voller Mythen, Märchen und Legenden.

Auch zum See selbst und seiner Entstehungsgeschichte gibt es einen ganz besonderen mythologischen Hintergrund: Vor langer Zeit, als noch alle irdischen Wesen mit den Kräften des Himmels in Harmonie lebten, kam es eines Tages zu einem Streit zwischen den Herrschern der Erde, Drache und Phoenix, und der Göttin des Himmels. Aus Trauer über die Störung der Harmonie entwich den Augen der Göttin eine Träne, die als edle Perle auf die Erde nieder fiel. Dort, wo die Perle das Land berührte, entstand eines der schönsten Gewässer Chinas, der Westsee.

Noch heute gelten Drache und Phoenix als Inbegriffe für die irdische Herrschaft von Kaiser und Kaiserin. Dem Drachen gehören kaiserliche Attribute wie Macht, Reichtum und Glück, der Phönix symbolisiert die Kaiserin und verkörpert Eigenschaften wie Weisheit, Stetigkeit und langes Leben.

Es verwundert kaum, dass dieser fast magische Ort zugleich auch der Schauplatz eines der bewegendsten Liebesdramen des chinesischen Schrifttums ist – die Legende von der weißen Schlange. Es ist die große

神奇的饺子*

*在多数的传说版
本中为汤团。

蒙蒙烟雨，轻润着肌肤。在细纱般的薄雾后，隐约可见平静湖面上东方园林的剪影。没有一丝风来破坏这静谧。时间和空间已失去意义。杭州西湖的秀美四时不同。初夏时节，特别是烟雨连绵的日子，西湖更显现出一份神秘的诗意之美——宛若古老的山水画卷。这片神奇的土地也诞生了无数神话、故事与传奇。

其实关于西湖的来历，本身就有着颇具神话色彩的说法：本来人间与天界还是和平共处的，但突然有一天，地神、玉龙、金凤还有王母争执起来。王母感伤于天地和谐被破坏，不禁黯然泪下，泪珠掉到地上化作璀璨的珍珠。珍珠汇聚成了中国最美的湖泊之一——西湖。

Windstille am
Westsee
静谧无风的西湖

Geschichte von Ewigkeit und Zeit, von Liebe und Leidenschaft, von Sein und Vergehen.

Von der wärmenden Sonne im ausklingenden Winter, deren Strahlen den Schnee auf dem Bogen schneller schmelzen lassen, als an den beiden Enden, erhielt die „zerbrochene Brücke im tauenden Schnee" ihren geheimnisvollen Namen.

Die Sonne schien. Es war ein Vorfrühlingsmorgen im März, vor langer Zeit. Vor der zerbrochenen Brücke scharten sich Familien mit Kindern um einen dampfenden Kessel, in dem ein alter Mann duftende Jiaozi zum Verkauf anbot. Schon in jenen Tagen galten die würzigen, mit Fleisch gefüllten Teigtaschen als eine besonders beliebte Köstlichkeit der chinesischen Küche. Die Jiaozi des alten Mannes waren weithin bekannt und so beliebt, dass es meist nicht lange dauerte, bis der Kessel leer war.

„Es sind nur noch ein paar wenige ganz kleine Jiaozi übrig", sagte der alte Mann mit Bedauern in der Stimme, als der kleine Xu Xian an der Hand seines Vaters vor den Kessel trat. „Es ist schon bald Zeit für mich, nach Hause zu gehen".

„Kaum zu glauben", dachte der Vater, als der kleine Xian schon nach dem ersten Jiaozi vollständig satt war und nichts mehr essen wollte. Fast hatte Herr Xu diese höchst sonderbare Begebenheit schon wieder vergessen. Bald jedoch kamen ihm Zweifel daran, ob an der zerbrochenen Brücke wirklich alles mit rechten Dingen zugegangen sei, denn seit sein Sohn Xian die kleine Teigtasche gegessen hatte, weigerte dieser sich hartnäckig, weitere Nahrung zu sich zu nehmen. Er schien überhaupt keinen Hunger mehr zu verspüren, zeigte aber auch keine Anzeichen von Krankheit oder Schwäche. Nachdem Xian auch am dritten Tag noch immer nicht essen

至今，龙与凤在中国仍然被看作人间帝王与女皇的象征。龙是帝王的标志，象征权力、财富还有幸福；凤代表女皇，意味着智慧、恒心和长寿。

不难理解，这片具有神话色彩的土地成为中国文学中著名的一幕爱情剧——《白蛇传》的诞生之地。这是一部关于永恒与时间、爱情与激情、存在与消逝的伟大传奇。

冬日将去，阳光渐暖，拱桥中央的积雪在日光的照耀下融化的速度要比桥两端快得多，这就是"断桥残雪"这个神秘命名的由来。

阳光普照大地。这是很久以前的一个早春三月天。断桥前聚集了不少大人和孩子，他们围着一个卖饺子的老人。早在那时这种带馅儿的面食就已经是中国饮食中令人喜爱的美味。老人的饺子可谓远近闻名，总是不多一会儿就卖光了。

"现在只剩下最后几个小饺子了，"当父亲牵着小许仙的手走到卖饺老人面前的时候，老人带着歉意说，"卖完后，我也该回家了。"

"太奇怪了！"父亲看到小许仙吃下第一个小饺子后就饱得说什么都不想再吃了，着实有点纳闷。不过当时老人也没有多想什么。后来小许仙真的什么也不吃了。更怪异的是，他不仅不觉得饿，而且也没有任何生病或是虚弱的症状，这才让许老先生开始怀疑断桥旁边的饺

wollte, nahm sein Vater ihn erneut bei der Hand. „Komm, mein Junge, wir wollen den alten Mann an der zerbrochenen Brücke besuchen. Ich will jetzt wirklich wissen, was es mit dem kleinen Jiaozi auf sich hatte, den du am letzten Sonntag gegessen hast."

Es war wieder kühler geworden. Frischer Schnee bedeckte die Brücke. Wieder stand da der heiße Kessel des alten Mannes. Der Duft frischer Jiaozi erfüllte die Luft und wieder scharten sich viele Leute um das dampfende Gefäß.

„Sonderbar", sprach der alte Mann hinter dem Kessel bedeutungsvoll. „So ein Jiaozi gibt es höchstens ein Mal in tausend Jahren. Niemand weiß ganz sicher, welche Wirkung es entfalten kann."

Vater Xu stand der Sinn wirklich nicht nach solchen rätselhaften Sprüchen. Sein Junge wollte nicht mehr essen – rasche Hilfe war dringend geboten. Bevor er jedoch etwas erwidern konnte, ergriff der alte Mann den Jungen, hob ihn laut lachend hoch und hielt ihn kopfüber über den Rand der Brücke. Dabei fiel der Jiaozi aus dem Hals des Jungen in das Wasser – frisch und duftend wie vor drei Tagen. Augenblicklich kehrte Xians Appetit zurück, so als wäre nichts gewesen. Verwundert doch zufrieden ging Herr Xu mit seinem Sohn nach Hause, ohne jedoch erneut einen Jiaozi zu bestellen.

Dies ist die Vorgeschichte. In der chinesischen Mythologie finden sich verschiedene Abwandlungen dieser Begebenheit. Manchmal fehlt Sie ganz.

子是不是有什么问题。三天过去了，许仙仍然没有食欲，于是许老重新牵起他儿子的手，"咱们得再去断桥边拜访那位老人，我要知道他到底在你上次吃的饺子里做了什么手脚。"

天气乍暖还寒。新下的雪覆盖在断桥上。卖饺子的老人早就站在老地方了。空气中弥漫着饺子的香味，热气腾腾的大锅旁已经围了好多人。

"稀奇吧，"卖饺子的老人意味深长地说，"这饺子可是千年一遇的。没有人知道它到底有什么奇妙的作用。"

许老可没办法接受这种猜谜式的说法。他的儿子一点都不想吃东西，得赶紧想法子才是。可没等许老做出什么反应，卖饺子的老人就大笑着把许仙头朝下提起来拎到桥边，这下子那只饺子就从小许仙的喉咙掉进了水里——依旧像三天前一样新鲜和香气扑鼻。许仙也马上恢复了胃口，好像什么事情都没有发生过似的。许老又惊又喜，也没敢再买饺子，赶快带着儿子回了家。

这便是故事的前奏。中国的神话传说对此有不同的说法。在一些版本里甚至根本找不到这个片段。

Schildkröte und weiße Schlange

Oben am „Berg der untergehenden Sonne", hoch über dem südlichen Ufer des Westsees, erhebt sich die Leifeng-Pagode vor der Kulisse von Drachenbooten und Fischerkähnen, die schon kurz nach Tagesanbruch lautlos über den See gleiten. Sie stammt aus der Epoche der fünf Dynastien und zehn Königreiche und wurde im Jahr 975 unserer Zeitrechnung auf Befehl des Wuyue-Kaisers Qian Chu erbaut. Mit dem Bau setzte der Herrscher der Geburt seines Sohnes, den er mit seiner Lieblingskonkubine Huang Fei gezeugt hatte, ein Denkmal in Form einer achteckigen Stein- und Holzkonstruktion. Während der Ming-Dynastie brannten japanische Piraten die hölzernen Teile der Pagode nieder, so dass nur noch ein steinernes Gerippe übrig blieb, das man heute noch auf Gemälden aus der Ming-Zeit sehen kann.

Weil die Menschen aus der Umgebung an die wundertätige Kraft der Steine glaubten, die auf dem Berg verblieben waren, wurden im Laufe der Jahrhunderte immer wieder Teile der Pagodenruine abgetragen, bis die Reste am 25. September 1924 schließlich ganz in sich zusammenfielen.

Im Jahr 1999 beschloss die Provinzregierung schließlich, die Pagode nach den Originalvorlagen wieder aufzubauen – allerdings als stabile Konstruktion aus Stahl, Beton und Glas. Die Grundmauern und die in den Ruinen verborgenen Schätze blieben erhalten und können von den Besuchern noch heute besichtigt werden. Während der Arbeiten am Fundament des neuen Bauwerks wurde vom Erscheinen einer weißen Schlange zwischen den alten Trümmern der Pagode berichtet...

乌龟和白蛇

Blick auf
die Leifeng-Pagode
雷峰塔风光

　　在西湖南岸的"夕照山"上矗立着雷峰塔，面对着破晓之际就已经慢慢划过湖面的龙舟和渔船。雷峰塔建于五代十国年间，相传是公元975年吴越国王钱俶为了庆贺他的宠妃黄氏生子而下令建造的一座石木结构的八角塔。明朝时日本海盗入侵，将雷峰塔几乎烧尽，只剩了石头塔身。透过明代的画作人们可以追忆当时的苍凉景象。

　　周遭的百姓们都相信那些石块有神奇的法力，所以多年以来就有人不断地从塔身废墟上偷石头带走。最后到了1924年9月25日，雷峰塔终于倒掉了。

　　1999年浙江省政府决定按照原样重新修建雷峰

Damals, in längst vergangenen Tagen der südlichen Song-Dynastie geschah es, dass aus bis heute nicht vollständig geklärten Gründen ein sehr ungewöhnlicher Jiaozi vom Geländer der „zerbrochene Brücke" auf den Grund des Westsees gelangte. Eine unheimliche Stille lag über dem See – eine besondere Kraft bewegte die Wellen. Auch in den Tiefen des Gewässers blieb es nicht verborgen, dass es sich bei dem kleinen Jiaozi nicht um eine gewöhnliche Teigtasche handelte.

Direkt unter der Brücke lebte in jenen Tagen eine weiße Schlange mit dem Namen Bai Suzhen. Göttlichen Ursprungs, strebte sie seit vielen Jahren schon danach, durch ein reines, asketisches und vorbildliches Leben, in Berührung mit der Welt der Sterblichen zu gelangen. Eine tiefe Sehnsucht nach allem Menschlichen bewegte ihr Herz. Nichts wünschte die Göttin Suzhen sich sehnlicher, als ein Leben inmitten der von ihr so sehr geliebten Menschen zu führen.

Zusammen mit ihrer besten Freundin Xiao Qing, einer grünen Schlange, die ebenfalls ganz in der Nähe der „zerbrochenen Brücke" lebte, verbrachte sie lange Nächte mit Gesprächen und Träumen über das Leben am Ufer des Westsees. Vieles hatten sie schon gehört von der Welt der Sterblichen – Handel und Gewerbe, Musik und Tanz, Liebe und Leid. Wie sehr wünschten sich beide, einmal wirklich zu erfahren, was sich hinter diesen Begriffen verbarg.

Nicht weit von der Brücke lebte auch eine alte Schildkröte mit dem Namen Fa Hai. Schon seit Langem beobachtete Fa Hai die beiden Nachbarinnen. Voll Misstrauen belauschte sie so manches nächtliche Gespräch der Freundinnen. Hass und Abscheu erfüllte ihr Herz, wenn die Beiden von der Welt der Sterblichen schwärmten, denn

塔——当然，为了安全起见，这次用的是钢筋、水泥和玻璃。原有的塔基和在废墟中幸存的珍宝被保留了下来，因此今天的游客仍然可以看到塔的原貌。然而在重建工程刚开始的时候，有人说，在工地的瓦砾间出现了一条白蛇……

很久以前的南宋年间，一粒不寻常的饺子从西湖断桥边落进了水里，人们至今还无法揭开饺子的谜团。当时的湖面出奇的宁静——有一种特别的魔力拂动着水波。深深的水底也难以掩埋这个神奇饺子的故事。

就在这桥下面，当时住着一条名叫白素贞的白蛇。她本是仙身，通过多年的清苦修炼来到人间。白素贞打心眼里渴望成为一个完完全全的凡人。她最大的夙愿，莫过于能够生活在她所钟爱的凡人中间。

她和她最好的朋友小青——一条也住在断桥附近的青蛇——常常一起彻夜谈论和憧憬西湖岸边的生活。关于人间的事情，她们已经听说过许多——生意和手艺啦，音乐和舞蹈啦，还有爱恋和忧伤。她们俩多么想有朝一日能真正地亲身体验这些词儿背后的含义。

离桥不远，还住着一只名叫法海的老乌龟。他暗中观察这对邻居已经很久了。法海总是满腹狐疑地偷听两位芳邻的彻夜长谈。当听到两人憧憬人间生活的时候，仇恨与憎恶充斥了他的心，因为在他看来，没有什么比不合规矩更难以忍受的了。任何背离常理、规则的想法他觉得都应当受到惩罚。

nichts war ihr fremder als Unordnung. Nichts erschien ihr verwerflicher, als die Abweichung von dem, was sie für die ewigen Normen und Gesetze des Daseins hielt.

An jenem Morgen, als Herr Xu zufrieden und glücklich über die Heilung seines Sohnes Xian nach Hause eilte, sah Fa Hai, die neidische Schildkröte, wie ihre ungeliebte Nachbarin sich wie von einer magischen Kraft zu dem Jiaozi hingezogen fühlte, der nur wenige Augenblicke zuvor aus dem Hals des kleinen Jungen in die Tiefen des Westsees gefallen war. Fa Hai begriff sofort, dass die weiße Schlange im Begriff war, mit Hilfe der schmackhaften Köstlichkeit den Tiefen des heimatlichen Gewässers zu entkommen.

„Das ist Verrat", brüllte Fa Hai wütend über den angeblichen Frevel. Mit aller Kraft versuchte die Schildkröte, die Göttin Suzhen daran zu hindern, den Jiaozi zu verspeisen. Das reine Leben und die langen Jahre asketischen Entsagens verliehen der weißen Schlange aber eine solch überlegene Kraft, dass es ihr gelang, die magische Teigtasche in ihre Gewalt zu bekommen und sie zu verspeisen.

就在许老欢天喜地带着恢复正常的孩子回家的那一天，法海这只嫉妒成性的乌龟发现，他所憎恨的邻居被刚从许仙嘴里吐出来掉到湖里的那只饺子的魔力所深深吸引。法海立刻意识到，原来白蛇早已经明白，有了这个美味的帮助，她便可以从湖底逃走了。

"真是大逆不道！"法海不禁大吼，为白蛇的所谓罪行而震怒。于是乌龟使出浑身解数，企图阻止白蛇吃到饺子。长年的清苦修炼赋予白蛇制胜的法力，她抢到了那粒神奇的饺子，吃下了它。

Die weiße Frau

„Denke ich an Jiangnan, dann liebe ich Hangzhou an meisten.
Am Bergtempel genoss ich Zimtblüten im Mondschein,
Der Pavillon der Präfektur schickte mir auf dem Kopfkissen
Den Anblick der Flutwellen herein.
Wann kann ich nur wieder ein Reisender sein"

Nach Bai Juyi, dem berühmten Dichter der Tang-Dynastie ist einer der beiden Dämme benannt, die den Westsee in drei Bereiche teilt. Die Poesie der Landschaft verlangt buchstäblich nach sprachlichem Ausdruck. Schon die alten Meister der chinesischen Literatur besangen die Schönheit des Sees. So trägt auch der zweite Damm des Sees den Namen eines Dichters: Su Dongpo.

Drei ist eine wichtige Zahl in der chinesischen Weisheitslehre. Sie versinnbildlicht die Triade aus Himmel, Erde und den Menschen. Die Gliederung des Westsees in drei Teile ist kein Zufall. Die ganze Landschaft ist Gestalt gewordener Ausdruck planerischen Denkens. Im mittleren Bereich liegt die größte der drei Inseln, die Xiao-Yingzhou-Insel oder „Insel der kleinen Ozeane" mit idyllischen Teichen, duftenden Teehäusern und verträumten Gartenanlagen. Im Süden ragen drei kleine Steinpagoden bedeutungsvoll aus den drei „den Mond widerspiegelnden Teichen", wie die „kleinen Ozeane" auch genannt werden, hervor.

Keiner wusste, woher sie kam, noch kannten die Menschen ihren Namen. Die Menschen nannten sie nur „die weiße Frau". Sie lebte in einem kleinen Holzhaus am Ufer des Westsees, nicht weit von der „zerbrochenen Brücke". Sie war schön wie das Spiegelbild des

白娘子

"江南忆，最忆是杭州。
　山寺月中寻桂子，
　郡亭枕上看潮头。
　何日更重游？"

　　西湖被两条长堤一分为三。一条堤坝以唐代诗人白
居易而命名（即白堤）。诗意的风光的确需要用诗一般
的语言来描绘。很早以前，中国的文人墨客们就在赞咏
西湖的美景了。无怪乎西湖的第二条长堤借用了另外一
位大诗人苏东坡的名字（苏堤）。

Sudi Damm
苏堤春晓

　　在中国智慧学说中，三是一个非常重要的数字。
它象征着天、地、人三分法。西湖一分为三也绝非偶
然。整个景观设计显然颇具匠心。在湖的中央是三个岛

Mondlichts in der unbewegten Stille des Wassers und doch fremd und geheimnisvoll. Die Menschen am Westsee schätzen ihr liebenswertes und bescheidenes Auftreten. Etwas Rätselhaftes, das ihr Wesen umgab, hielt jedoch die meisten von ihnen in respektvoller Distanz.

Nachdem Bai Suzhen, die weiße Schlange, sich im Kampf gegen Fa Hei jenen wundersamen Jiaozi gesichert hatte, war sie ihrem Ziel, ein Leben in menschlicher Gestalt zu führen, ganz nah. Viele weitere Jahre asketischen Lebens unter Wasser blieben ihr dadurch erspart. Schon nach wenigen Tagen machte sich die bezaubernd schöne junge Frau auf die Suche nach einer Bleibe am Ufer des Westsees. Ein kleines Holzhaus, nicht weit von der „zerbrochenen Brücke", das nur wenige Tage zuvor von ihren Bewohnern verlassen worden war, schien ihr besonders gut zu gefallen. Rasch war sie sich mit den Besitzern einig über den Preis, so dass einem Einzug in ihr neues Heim nichts mehr im Wege stand.

So lebte Bai Suzhen mittlerweile schon seit drei Jahren in Gestalt einer schönen weißen Dame am Ufer ihres heimatlichen Gewässers. Die Menschen in Hangzhou redeten manchmal über sie. Man erzählte sich, dass sie über magische Kräfte und übernatürliche Fähigkeiten verfüge. An sonnigen Tagen saß sie gerne auf einer steinernen Bank auf der „Insel der kleinen Ozeane" und sprach mit einer grünen Schlange, die sich vor ihr in der Sonne räkelte. Vorbei gehende Passanten steckten verwundert die Köpfe zusammen, wenn sie diese sonderbaren Gespräche beobachteten.

Die Göttin Xiao Qing lebte damals in Gestalt einer grünen Schlange im Westsee von Hangzhou. Viele Jahre lang war sie sehr eng mit Bai Suzhen befreundet. Lange Abende saßen sie früher beisammen und

中最大的一个——"小瀛洲"，意思是"海洋中的小仙岛"。岛上有田园风格的池塘，清香飘荡的茶室，还有梦幻般的园林。岛南矗立着三座小石塔，因此"小瀛洲"还有一个别有韵味的名字，叫做"三潭映月"。*

Die mittlere Insel
湖心岛

没有人知道她从哪儿来，也没有人知道她的芳名。人们称她为"白娘子"。她住在西湖岸边离断桥不远的一座小木屋里。她就像静静的水面上倒映的月光般美丽，与众不同，还充满着神秘。这里的人们欣赏她可爱而又谦虚的品行，但是因为她身世不明，大多数乡亲们不免对她敬而远之。

白蛇白素贞战胜法海得到了那枚神奇的饺子，她变成人的梦想也就快要实现了。她不必继续在水下进行更多年头的修行。仅仅几天之后这位神秘而又美丽的年轻女子便来到西湖岸边寻找住处。离断桥不远有一座小木

philosophierten über das Dasein, träumten vom Leben der Menschen und der unendlichen Kraft der Liebe, die ihnen in dem kühlen Gewässer wohl niemals begegnen würde.

Auch Xiao Qing wünschte sich nichts stärker, als ein Leben in menschlicher Gestalt. Sie vermisste ihre Freundin Suzhen sehr, nachdem diese ihre Wohnung unter der „zerbrochenen Brücke" verlassen hatte. Da Suzhen ihre gute Freundin ebenfalls sehr vermisste, verabredete sie sich oft mit ihr zu einem Plauderstündchen im Park – meist auf der „Insel der kleinen Ozeane", welche die beiden Damen sehr liebten.

Wieder einmal hatten die beiden Damen sich zu einem Plauderstündchen in Park verabredet. Suzhen freute sich schon sehr auf ihre Freundin, die sie schon seit Tagen nicht mehr gesehen hatte. Doch Xiao Qing, die grüne Schlange kam an diesem Tag nicht. „Sonderbar", dachte Suzhen. „Habe ich mich vielleicht im Datum geirrt?" – Aber auch am nächsten und den folgenden Tagen war von der grünen Schlange nichts zu sehen.

Es war bereits der zehnte Tag. Tief traurig über den Verlust der Freundin war Suzhen auf dem Weg nach Hause, als sie neben der Uferpromenade einen jungen Mann sah, der Schlangen verkaufte. Schlangen gelten in einigen chinesischen Provinzen auch heute noch als besondere Delikatesse. Als die weiße Dame ihre grüne Freundin unter all den armen gefangenen Artgenossen entdeckte, fühlte sie einen Stich in ihrem Herzen. Augenblicklich kaufte sie die grüne Schlange, die sich ihr weinend entgegen reckte. Doch im Augenblick der Befreiung verwandelte sich die grüne Schlange vor den Augen des erschrockenen Händlers in eine schöne, schlanke junge Frau mit

屋几天前刚刚空出来，让白素贞很是中意。她很快和房主谈妥价钱，这样就可以马上搬入新居了。

白素贞以白娘子的身份在湖边住了差不多三年。杭州城的人们有时会谈起她。有人说她会魔法，拥有超自然的能力。在阳光灿烂的日子她喜欢坐在"小瀛洲"的一块石凳上和一条晒太阳的青蛇聊天。过往的行人看到这一幕，也都好奇地一起低头观望。

仙女小青当时还是以青蛇的形态生活在杭州的西湖里。多年以来她一直是白素贞的挚友。长夜里，她们总是早早地凑在一起，思索生存这样的命题，憧憬人类的生活，也幻想去感受她们在水下从未体验过的爱情的无穷魅力。

小青也非常想变成人。自从白素贞离开断桥下的家之后小青就十分想念她这位好友。白素贞自然也很挂念小青，所以她们就约好一起到园子里叙旧聊天，通常都是在"小瀛洲"岛上，这是她们两个都喜欢的地方。

又到了重逢的日子。相别多日终将得以一见，素贞很是期待。谁知小青这一天却没有如约前来。"奇怪，"素贞暗想，"莫非是我记错日期了？"——可自打那一天之后，青蛇再也没有露过面。

已经是第十天了。失去挚友的素贞伤心地走在回家的路上，她忽然看见岸边的林荫路上有个卖蛇的年轻人。蛇在中国的一些省份至今还被视为佳肴。白娘子发

grünen Augen und grün schimmernder Hautfarbe. Die tiefe Zuneigung der weißen Dame und das Glück der Befreiung aus tiefer Not verliehen Xiao Qing die Kraft zur Verwandlung. Endlich war sie am Ziel ihrer Wünsche. Überglücklich fiel sie ihrer Freundin in die Arme und wich von nun an kaum noch von ihrer Seite.

现她的好朋友青蛇和其他可怜的同伴们一起被关在笼子里卖，顿时觉得心如刀绞。白素贞二话不说就买下了那条正流着眼泪的青蛇。在重获自由的那一刻，青蛇摇身变作一位有着绿眼睛和青皮肤的妙龄少女，把一旁的蛇贩看得目瞪口呆。白娘子的深深怜悯以及小青自己转危为安后的喜悦都赋予她变身的魔力，她的愿望终于也实现了。由于过于激动，她倒在了挚友的怀里，两人自此便形影不离。

Liebe am Westsee

Man erreicht die Xiao-Yingzhou-Insel heute über einen Zickzacksteg. Besonderen Erlebniswert hat ein Ausflug auf einem der Kähne, Ausflugsschiffe oder Drachenboote, die vor Hangzhou fast lautlos über das Wasser gleiten. Die „kleinen Ozeane" sind in Wirklichkeit vier kleine Teiche, denen die Insel auch den poetischen Beinamen „den Mond spiegelnde Teiche", Santan Yinyue zu verdanken hat. Diese „Spiegelungen des Mondes" sind zur Zeit des Mittherbstfestes im September besonders eindrucksvoll. Die Insel ist bekannt für ihre liebevollen Gartenanlagen mit stilvollen chinesischen Steinampeln, Geländern, Brücken und Bänken. Die kunstvolle Anlage der Landschaft erzeugt einzigartige Perspektiven von Räumlichkeit und Distanz. Nähe und Ferne verschmelzen ineinander und verlieren an Bedeutung. Alles wirkt natürlich und gewachsen, und doch ist nichts dem Zufall überlassen. Alles ist Planung doch der Betrachter nimmt das kaum wahr. So, wie der Westsee als Ganzes, ist die Xiao-Yingzhou-Insel Ausdruck großer, Jahrtausende alter chinesischer Garten- und Landschaftsarchitektur.

Schon der Qing-Kaiser Qianlong liebte seinen Westsee so sehr, dass er sich in seiner nördlichen Hauptstadt Beijing eine verkleinerte „Kopie" davon anlegen ließ, um nicht Monate lang ganz auf seinen geliebten See verzichten zu müssen: Den „Sommerpalast". Westsee und Sommerpalast sind wie Geschwister, die sich beim ersten Betrachten sehr ähnlich sind, sich jedoch in vielen Details auch deutlich unterscheiden.

Beiden ist gemein, dass sie Ausdruck eines und desselben schöpferischen Geistes sind – von Menschenhand und menschlichem Geist

西湖之恋

　　如今人们可以沿着一条蜿蜒的九曲桥游览"小瀛州"岛，乘上木舟、游船或龙舟悠然划过水面更是别有韵味。"小瀛洲"上分为四面湖水，它还有一个诗意的别称叫"三潭印月"。这个"三潭映月"到中秋之时景象尤为令人难忘。小岛还因古雅秀美的园林建筑而名闻退迩，那里有十分讲究的中式石灯、栏杆、小桥与长凳。这些精巧的陈设形成了独有的空间与距离感。远景和近景相互融合，打破了距离的固有之意。一切都是那么自然而然又充满生机，完全不让人感到突兀。尽管一切都出自人工设计，但参观者却感觉浑然天成。就像整个西湖一样，"小瀛洲"堪称千百年来中式园林与景观的重要代表。

　　清朝的乾隆皇帝就非常喜欢西湖，所以在北京建

Beijinger Sommerpalast:
Das Marmorschiff
北京颐和园：石舫

geschaffen aber überirdisch schön.

Und wieder war es Frühling. Kamelien und Azaleen grüßten die wärmenden Sonnenstrahlen der zu Ende gehenden Apriltage. Bai Suzhen und Xiao Qing schlenderten Arm in Arm entlang der Uferpromenade. „Wahre Liebe? Gibt es das wirklich?", seufze Suzhen. Wie sehr sehnte sie sich nach einem Menschen, mit dem sie ihr Herz, ihre Gedanken und ihre ganze Leidenschaft teilen konnte. Sie genoss ihr „menschliches" Leben sehr, doch blieben auch die Stunden der Einsamkeit und der Sehnsucht nach Liebe und Zweisamkeit nicht aus.

„Einen wirklichen Mann erkennt man an seinen Taten", sagte Xiao Qing, bedeutungsvoll lächelnd. Wie sehr sie die zahllosen Angeber, Wichtigtuer, Führungspersönlichkeiten und Honoratioren verabscheute. „Leere Hülsen, Schwätzer, Angeber und Menschen ohne Sinn und Verstand – sie sind es nicht wert, auch nur den Hauch eines Augenblicks an sie zu verschwenden."

Suzhen lächelte zustimmend. „Ja, du hast Recht, meine liebe Qing. Die Welt ist voll belangloser Versager... ob wir jemals einen wirklichen Mann treffen werden? Einen, der uns als Frauen respektiert und trotzdem ein richtiger Mann ist?"

Noch während die beiden schönen Damen, in ihre Gedanken vertieft und doch angeregt plaudernd die Uferpromenade entlang schlenderten, kam ihnen am Ende der zerbrochenen Brücke ein junger Mann entgegen. Seine schwarzen Haare waren keck nach hinten gekämmt. Bai Suzhen war wie elektrisiert. Noch nie zuvor hatte sie dieses Kribbeln im Bauch verspürt. „Ist das nun Liebe?", fragte sie sich.

造了一个小的"仿制品"，这样他就可以经常看到自己心爱的景致了，这就是"颐和园"。西湖和颐和园形同姊妹，乍看上去极为相似，不过许多细节之处还是有所区别。

这两处风光都是同一种创造精神的表达——虽出自工匠之手、人的智慧，但是却巧夺天工。

又是一年春来到。山茶花与杜鹃花颔首轻摇，向四月末温暖的阳光致意。素贞和小青手挽着手漫步在西子湖畔。素贞叹了一口气说："这世上有真爱吗？"她多么渴望能够遇到一个人，分享她的感情，她的思想，还有她全部的激情。她虽然已尽享"人间"的生活，但却无法排遣孤独以及对爱情和二人世界的向往。

"观察一个人的行为举止，就可以判断出他是不是一个真正的男人。"小青一边说着，一边意味深长地笑。她实在看不惯好多人的自以为是、徒有其表、指手画脚和卖弄权势。"对于那些空壳子，无聊者，夸夸其谈的以及没思想没灵魂的人——根本不值得浪费一分一秒的时间。"

素贞闻言微笑，点头称是。"对，你说得没错，我亲爱的小青。这个世界上到处都是不足称道的等闲之辈……但是，我们究竟能不能遇见一位真正的男人呢？一个能够尊重我们女人的正派男人？"

正当这两位漂亮的女子沿着湖堤言谈甚欢的时候，从断桥的尽头迎面走来一位青年男子，一头乌发潇洒地

„Die Wahrheit kommt stets aus den Herzen und Hilfsbereitschaft ist die Vorstufe zur wahren Liebe", dachte Suzhen. Sie schloss ihre Augen und bat unter Einsatz ihrer magischen Kräfte die Elemente um Beistand. Es dauerte nur ein paar Augenblicke, bis der Himmel sich verdüsterte und es aus schweren, schwarzen Wolken kräftig zu regnen begann. Bai Suzhen und Xiao Qing fanden ersten Schutz unter einem alten Ginkobaum. Es regnete jedoch so stark, dass dieser Unterstand wohl nicht lange gehalten hätte.

Der attraktive junge Mann war kein anderer als Xu Xian, der in seiner Kindheit jene Teigtasche gegessen hatte, die ihn für drei Tage allen Appetits beraubt hatte. Auch er war beim Anblick der beiden schönen Damen ganz hingerissen. Besonders die weiße Dame fesselte seinen Blick mit ihren leuchtend blauen Augen, ihrer noblen Erscheinung und der Eleganz der Bewegungen.

Überrascht von dem unerwarteten Unwetter erkannte er sogleich die unglückliche Lage der beiden Schönheiten, die unter einem alten Ginkobaum nur sehr unzureichenden Schutz gefunden hatten. Geistesgegenwärtig lief er zum nächsten fliegenden Händler, der seine Waren glücklicherweise ganz in der Nähe zum Verkauf anbot. Wegen des heftigen Regens waren, bis auf ein einziges Exemplar, schon alle Regenschirme verkauft. Er zögerte nicht lange, kaufte den Regenschirm und lief, so schnell er konnte, hinüber zum Ginkobaum, um den beiden Damen seine Hilfe anzubieten.

„Er oder keiner", dachte Suzhen. Gerührt von der selbstlosen Hilfe des jungen Mannes, der sie bis nach Hause begleitete, erfasste Suzhen eine so heftige Zuneigung zu den triefend nassen Xian, dass sie ihm auf der Stelle ihre Liebe gestand.

束在后面。白素贞有如被电流击中一般。此前，她还从来没有过这种心旌摇荡的感觉。"难道这就是爱情？"她心中暗问。

"真爱总是发自内心，主动相助则是真爱的前奏，"素贞寻思着。她于是闭上眼睛，运用法术，请求雷神相助。短短一会儿，天上就乌云压顶，之后大雨如注。她和小青赶紧跑到一棵老银杏树下，可是雨越下越大，想要在树下避雨决不是长久之计。

这位充满魅力的青年不是别人，正是当年那个吃了饺子后三天没有胃口的许仙。他也注意到这两位美貌的女子，特别是白娘子，她明亮的双眸，高贵的仪容，还有曼妙的身姿令他心中一动。

许仙虽然被这突如其来的怪天气弄得莫名其妙，但他立刻想到那两位女子，发现她们就躲在老银杏树下，勉强躲避这狂风暴雨。于是他不由自主地向一个卖伞的小贩奔去，因为下雨，小贩的生意很好，只剩下最后一把伞了。许仙不敢迟疑，买了伞直奔银杏树下，好帮助两位女子。

"除了他，不会有人是我的真命天子了！"素贞心想。许仙将她们送至家门，这种无私的帮助令人感动，素贞对这个浑身湿透的青年男子产生了强烈的好感，她立刻向他表白了心迹。

许仙为这新来的爱情所晕眩，随即也敞开自己的心

Überwältigt vom Glück junger Liebe, öffnete auch Xian sein Herz. „Mir stockt fast der Atem. Ja, auch du hast mich vom ersten Augenblick an regelrecht verzaubert. Durch das Blau deiner Augen blicke ich tief in deine Seele und sehe, dass deine Gefühle wahr und aufrichtig sind". Er fasste Suzhen bei der Hand, zog sie sanft an seine Brust und küsste sie auf die Stirn, die Augen und den Mund. Es war, als ob die Seelen sich in diesem Augenblick vereinten.

Der Regen war längst wieder dem herrlichsten Sonnenschein gewichen, als die beiden noch immer eng umschlungen am Eingang zu Suzhens Häuschen standen. Xiao Qing, die grüne Dame, hatte sich mittlerweile diskret zurückgezogen, gerührt von dem unerwarteten Glück ihrer geliebten Freundin.

扉。"我简直无法呼吸。没错，当我第一眼看到你的时候，就被你的美丽所吸引。透过你天蓝色的眼睛（原文如此），我可以看到你的内心深处，我知道你的感觉千真万确。"他牵住素贞的手，拥她入怀，不断亲吻她的额头、眼睛和嘴唇*。两个灵魂似乎在这一瞬间紧紧融合。

大雨已停了很久，阳光重又照耀大地，但是这对年轻人仍然站在素贞的小屋前，紧紧相拥。小青不好意思地别过头去，心中也被好友的爱情深深打动。

*男女授受不亲，这是古代中国的基本礼仪，即使是夫妻在公共场合也不允许有亲昵之举。此处为作者的发挥。下文同。

Hochzeit

Wer heute auf den Uferpromenaden oder entlang der Inselpfade des
Westsees schlendert, kann recht oft jungen Hochzeitspaaren begegnen,
die sich in der Art der Kleidung kaum von westlichen Brautleuten
unterscheiden: Die Braut ganz in Weiß, der Bräutigam im eleganten,
meist schwarzen Anzug. Was uns heute fast selbstverständlich
erscheint, ist in Wirklichkeit überraschend, denn Weiß und Schwarz
sind in China Farben der Trauer und des Todes. Bei der „Yingqin", der
chinesischen Hochzeit dominierten in alten Zeiten die bunten Farben,
allen voran Rot, die Farbe der Freude. Das Brautpaar war in Rot
gekleidet, das ganze Haus in leuchtend roten Farben dekoriert, rote
Glückssymbole, rote Papierlaternen, rot, wohin das Auge blickte.

Die Hochzeit war im alten China eine Zeremonie voll Poesie und
volkstümlicher Tiefe. Üblicherweise kannten sich die beiden jungen
Leute vor dem Tag der Eheschließung noch gar nicht persönlich. Das
Mädchen durfte den Bräutigam vor der Hochzeit nicht sehen. Wenn
die Familie des Bräutigams die mit einem roten Schleier bedeckte
Braut im Haus ihrer Familie abholte, begann diese zu weinen, um den
Schmerz über die Trennung von ihrer Familie auszudrücken.

Zur Eröffnung der eigentlichen Feierlichkeiten schritt die Braut über
ein Becken, in dem ein offenes Feuer entzündet war. Dadurch sollte
alles Dunkle der Vergangenheit verbrannt und nur das reine Glück
in die Ehe eingebracht werden. Das Paar fand sich daraufhin zum
traditionellen Kotau im Haus des Mannes ein, um Himmel und Erde,
den Eltern und sich selbst gegenseitig zu huldigen. Im „Dongfang",
also dem Hochzeitszimmer, durfte der Bräutigam dann endlich den
roten Schleier lüften und zum ersten Mal seine Ehefrau von Angesicht

婚礼

　　如今在西湖堤畔散步的时候，经常能见到新婚燕尔的年轻夫妇，他们的衣着几乎和西方世界无异：新娘披一身白色婚纱，新郎往往穿着华贵的黑色西装。对我们西方人来说这也许稀松平常，但在传统中国，迎亲要穿红色——所谓的喜庆之色。新婚夫妇穿的是红色服饰，整个房子也都以大红装饰，红色的喜字，红色的灯笼，放眼望去，红彤彤一片。

　　在古老的中国，婚礼是一场极富诗意和民俗风情的仪式。通常，新婚夫妇在婚前彼此素未谋面。女方不允许在婚礼前让新郎看到新娘的脸。当男方将披着红盖头的新娘从娘家接走的时候，新娘就开始哭泣，表达自己与家人离别的苦痛。

Luxun-Themenpark
bei Shaoxing:
Entführung der Braut
am Hochzeitsabend
绍兴鲁迅主题公园：
新婚之夜抢新娘

zu Angesicht sehen.

Beim abendlichen Hochzeitsbankett war es die Aufgabe der Braut, den Gästen den ersten Schnaps einzuschenken. Besonders fröhlich ging es beim abschließenden „Nao Dongfang" zu, bei dem die Brautleute teils knifflige, teils lustige Aufgaben zu lösen hatten. Insbesondere in der Region um Hangzhou war es oft auch Sitte, dass die Gäste die Braut zum Schein entführten. Der Bräutigam hatte die verlorene Geliebte dann zu suchen und bei den „Entführern" gegen Geschenke, Essen und Trinken wieder einzulösen.

Eine etwas andere Hochzeit feierten Bai Suzhen und Xu Xian, denn Suzhen lebte ohne Eltern, ganz alleine und zurückgezogen in ihren Häuschen am Ufer des Westsees. So gar nicht traditionell – und doch feierten sie ein Fest, von dem die Menschen von Hangzhou noch lange reden sollten. Viele erschraken, weil Suzhen, die Göttin aus dem Westsee, ganz in weiß, der Farbe des Todes gekleidet war, doch noch nie zuvor hatte je ein menschliches Auge so eine schöne und reine Braut gesehen. Auch Xian sah in seiner prächtigen, roten Seidenweste und seinem bunten, traditionellen Kopfschmuck fast wie ein junger Gott aus. Das sehr private aber geschmackvolle Fest mit geladenen Gästen, herrlichem Bankett, Reiswein und Schnaps, Musik und Tanz dauerte bis in die tiefe Nacht. Dennoch fürchteten die Menschen, dass die weiße Farbe des Hochzeitskleides nichts Gutes verheißen würde.

Noch am Abend des Tages, als Xian seine Suzhen zum ersten Mal in die Augen geblickt hatte, hatten sich die Beiden das Versprechen gegeben, Leben, Schicksal und Liebe für immer teilen zu wollen. Stärker als alle gesellschaftlichen Erfordernisse und Zwänge war

象征着以前的烦恼全部都被化为灰烬，婚姻将是幸福的新开始。之后，新人们要在男方家里行跪拜礼，一拜天地，二拜父母高堂，最后是夫妻对拜。进入"洞房"之后，新郎终于可以掀开新娘的红盖头，第一次与自己的妻子四目相对。

当晚还要大宴宾客，新娘要向每位到访的来宾敬酒。特别有意思的是最后的"闹洞房"。新婚夫妇必须完成各种又难做又有趣的任务。尤其是在杭州地区常有这样的习俗，客人们假装绑架了新娘，新郎必须找回自己的爱人，为此不得不用礼物、美食和佳酿来换回新娘。

许仙和素贞的婚礼与众不同。因为素贞没有双亲，她不过是孑然一身住在西湖边的小房子里。婚礼虽不是按照传统仪式来操办——但仍像节日一样隆重，杭州的百姓们还会常常提起。素贞身着一袭白色的衣裙，这可是办丧事的颜色，让很多人都吃了一惊。但是他们从来都没有见过如此美丽的新娘。许仙穿着华丽的红色丝绸马褂，戴上彩色的头冠，看上去就像一个风华绝代的神仙。受邀的宾客们来到这个低调却极富品位的婚宴，在美食与好酒的带动下，一直庆祝到深夜。尽管如此，很多人还是不禁担心白色的礼服会带来厄运。

就在这个晚上，当成为夫妻的许仙与素贞深情对视的时候，他们就用眼神彼此给予了承诺，同甘共苦，永远相爱。情感的力量超越世俗社会所有的道德要求和束缚。对许仙来说，要告诉父母自己的决定并不是件容易的事。一开始二老十分生气，因为他们在儿子的终身大

die Macht der Gefühle. Xian hatte es nicht leicht, seinen Eltern den endgültigen Entschluss mitzuteilen. Zunächst waren diese tief empört gewesen, weil sie auf so eine wichtige Entscheidung ihres Sohnes keinen Einfluss nehmen konnten. Als sie jedoch die schöne und liebenswerte weiße Frau zum ersten Mal vor sich sahen, waren sie überwältigt und schlossen Suzhen sogleich in ihr Herz.

事上没有能施加什么影响。可是，当美丽而又贤淑的白娘子站在他们面前的时候，他们便心平气和了，从心底里接纳了白素贞。

Tee und Medizin

Traditionelle Apotheken sind ein ebenso untrennbarer Bestandteil der Stadt Hangzhou, wie ihr Tee und die schönen Teehäuser. Die Huqingyutang-Apotheke in der Dajing-Straße, 1847 von Hu Xueyan eingerichtet, war berühmt für ihre große Geschichte und ihr breites Anwendungsspektrum traditioneller chinesischer Medizin.

In ihrer Vorhalle verkaufte man die Medikamente, die im hinteren Bereich hergestellt wurden. Seit 1989 ist die Apotheke ein Museum mit einer Gesamtfläche vom 3000 qm. Die Besucher können sich in großer Detailfülle über die Entstehung, Entwicklung und Anwendung der traditionellen chinesischen Medizin und deren Stellenwert in der chinesischen medizinischen Geschichte wie auch der Weltgeschichte der Medizin informieren.

Sehenswert ist auch das inmitten eines bezaubernden Parks gelegenen Teemuseum von Hangzhou. Die schöne und sehr informative Sammlung liefert dem Besucher ein breites Spektrum an Wissenswertem über Geschichte und Gegenwart des Teeanbaus und der großen Teekultur der Provinz Zhejiang.

Nicht weit entfernt von Hangzhou liegt Longjing, das Tal des Drachenbrunnens. Zwischen malerischen Bergen und grünen Laubwäldern wächst der berühmteste Tee Chinas. Ganz oben im Dorf, Touristen verirren sich fast nie dort hin, schimmert der eigentliche „alte" Drachenbrunnen, der dem Dorf seinen Namen gab. Durch die Kulturrevolution völlig zerstört, wurde die Quelle erst vor wenigen Jahren wieder renoviert. Weil diese Quelle niemals versiegt, glaubten die Menschen, dass sie nur dem Mund eines

茶与药

在杭州，传统的中药店就如同茶叶与雅致的茶楼一样，是整个城市不可分割的一部分。位于大井巷的胡庆余堂，是胡雪岩在1847年创建的药店，因其悠久的历史以及对传统中医应用范围的大力拓展而极负盛名。

Apotheke bei
Hangzhou
杭州的药店

药店的后厅是制药的地方，顾客则可以在前堂买药。自1989年以来，这个药店已经变成了占地三千平米的博物馆。在这里，游客们可以详尽了解传统中医的发源、发展和应用，以及中医在中国乃至世界医学史上的重要地位。

杭州还有值得一看的地方，那就是隐身于优雅园林之中的茶博物馆。在那里，精致而丰富的展藏能让参观

Drachen entspringen könne. Drachen haben in China eine Vielfalt an Attributen. Sie symbolisieren Macht, Reichtum, Einfluss und Glück. Bisweilen kann man beobachten, wie sich Menschen an den Rand des Brunnens stellen, mit einem Stock im Wasser rühren und dann sehr konzentriert in das Becken blicken. In Longjing sagt man, dass demjenigen, der im bewegten Wasser des Brunnens einen Drachen erblickt, ein Leben lang Glück und Reichtum beschieden sei.

Ein gemütliches Teehaus inmitten grüner Gartenanlagen lädt die Besucher heute zum Verweilen ein. Schon Qing-Kaiser Qianlong liebte diesen Ort und hielt so große Stücke auf den feinen grünen Tee aus Longjing, dass er 18 der edelsten Teebäume des Dorfes unter seinen ganz persönlichen kaiserlichen Schutz stellte. Noch heute sind diese Bäume der größte Stolz Longjings und zugleich eine sehr lukrative Einnahmequelle. Für 100 Gramm des feinsten Tees werden bei den jährlichen Auktionen des Dorfes Preise von über 14.000 Euro erzielt.

Es waren Jahre des Glücks und der Liebe für Suzhen und Xian. Es war Suzhens Idee, ganz in der Nähe des Westsees eine Apotheke für traditionelle Medizin zu eröffnen. Ihre Liebe zu den Menschen und das Mitleid mit Kranken und Schwachen war der Grund für ihre Beschäftigung mit der traditionellen medizinischen Weisheitslehre. Den magischen Fähigkeiten der unsterblichen Göttin und ihren rasch wachsenden wissenschaftlichen Kenntnissen war es zu verdanken, dass ihre Medikamente und Heilmethoden schon sehr bald große Berühmtheit im ganzen Land erlangte. Die Menschen kamen oft von weit her, weil sie von der wundertätigen Wirkung der Hangzhouer Arzneien gehört hatten. Trotz der niedrigen Preise – Bedürftige erhielten ihre Medikamente völlig kostenlos – gelangten Suzhen und

者们充分了解到茶叶种植的历史和现状，感受浙江省悠远的茶文化。

离杭州市区不远，就是著名的龙井村。在如画一般的山脉和绿色的落叶林中，生长着中国最著名的茶——龙井。在村子的最上头才是真正意义上的"老"龙井，也是村名的由来，但是游客一般找不到这个地方。这口井曾一度被毁，直到近几年才又重新修好。因为这井从来没有干涸过，所以人们相信井水是从一条龙的口中喷出的。在中国，龙具有多重含义，它是权力、财富、名声以及幸福的象征。时常可以看到很多人站在井边，用一根木棍搅动井水，然后聚精会神地观察水的变化。据说，谁在搅动井水时看到龙的身影，就会有好运和财富终身相伴。

Teehaus in Longqing
龙井的茶楼

在翠绿的园林中央有一座舒适的茶馆，游客可以在此驻足停留。早在清朝年间，乾隆皇帝就非常喜欢这

Xian schon bald zu beachtlichem Wohlstand.

Ihre beste Freundin Xiao Qing, die grüne Dame hatte sich in der Nachbarschaft der Apotheke, ganz nah am See, eine kleine Wohnung gekauft. Sie liebte es, abends beim Tee mit Suzhen und Xian zusammen zu sein – mal plaudernd und lachend, mal nachdenklich und still. Suzhen war froh, dass Qing sie auch bei der Arbeit in der Apotheke tatkräftig unterstützte, denn mittlerweile war ihr Geschäft so bekannt geworden, dass sie und Xian die ganze Arbeit wohl kaum noch alleine bewältigt hätten. Da auch Xiao Qing über magische Kräfte verfügte, war sie eine ganz besonders wichtige Helferin und Vertraute, mit der Suzhen sich regelmäßig über die Zusammensetzung bestimmter Medikamente austauschen konnte.

Die Menschen liebten Suzhen und Xian wegen ihres freundlichen Wesens, ihrer Großzügigkeit und zuvorkommenden Hilfsbereitschaft. Oft sah man sie auf den Inseln am See, auf der Seepromenade oder bei der zerbrochenen Bücke spazieren gehen – Hand in Hand, fröhlich lachend und scherzend. „Heute siehst du besonders glücklich aus, Liebste." Die Sonne schien und das kleine Teehaus auf der „Insel der kleinen Ozeane" war gut besucht.

Suzhen nippte lächelnd an einer Tasse mit grünem Tee. „Das hast du aber schön beobachtet, lieber Xian", schmunzelte Suzhen. „Heute geht es mir wirklich ganz ausgezeichnet. Ich habe auch eine besondere Überraschung für dich." Bei diesen Worten lächelte sie selig. „Wir werden bald Kinderschuhe kaufen müssen", sagte sie strahlend.

Xian konnte seine Freude kaum fassen. Er neigte sich zu seiner Schönen

个地方。他在龙井村划出了一大片土地来种植上等的茶树，他还特地精选出18株给予皇家级别的保护。如今这些茶树仍是龙井人最大的骄傲，同时也成为他们非常可观的收入来源。在村子一年一度的拍卖会上，100克最顶级的茶叶价格甚至会高达14000欧元。

许仙和素贞度过了几年幸福快乐的爱情生活。在素贞的建议下，他们在西湖边上开了一家中药店，出于对人们的关爱和对病痛者的同情，素贞留心学习了许多中医药的知识。她本身具有的神力和迅速积累的医疗知识，使得药店的医术和药方很快就传遍了全国，不少人远道而来，就是为了试一下杭州名药的功效。尽管药价低廉——而且对很多急症患者是不收钱的，素贞和许仙还是在不久之后就变得十分富足。

他们最好的朋友小青，就在西湖边的药店附近买了一个小房子。她非常喜欢晚上和素贞许仙夫妇一起喝茶，或是打趣说笑，或是沉默静思。素贞看到小青愿意在药店助一臂之力，自是十分欢喜，因为他们的药店名声在外，病人实在太多，有时根本忙不过来。而且小青也通法力，是一个非常得力的助手，她值得信任，经常与素贞一起商量药方的配制问题。

由于待人友善、慷慨大方和热心肠，大家都非常喜欢素贞和许仙。人们常常可以看到，他们或是在湖心岛上，或是在湖边小路，或是在断桥边款款散步——手牵着手，微笑低语。"你今天看上去格外开心，我的娘子。"阳光明媚的时候，到"小瀛洲"的茶馆里饮茶，

hinüber, nahm sie sanft in seine Arme und küsste sie auf die Stirn. „Was kann nun unser Glück noch trüben", flüsterte er zärtlich – nicht ahnend, welches Unheil sich gerade in dieser Stunde über ihnen zusammenbraute.

感觉分外惬意。

素贞微笑着呷了一口绿茶。"你好眼力，亲爱的许仙，"她说，"我今天确实特别高兴，有一份惊喜要带给你。"说这番话的时候，她满面春风。"我们不久就需要买童鞋了。"

许仙难以抑制心中的喜悦。他坐到自己的美人身边，温柔地将她揽入怀抱，亲吻着她的额头。"现在还有什么能妨碍我们的幸福呢？"他柔声说道——殊不知，这时候灾难正在悄悄来临。

Der böse Mönch und die Schildkröte

Der Buddhismus ist eine der Hauptreligionen in China. Auch in der näheren Umgebung Hangzhous befinden sich einige buddhistische Heiligtümer, von denen das Lingyin-Kloster wohl das berühmteste ist. „Kloster der Seelenzuflucht", so könnte man den chinesischen Namen „Lingyin Si" in unsere Sprache übersetzen – vielleicht auch „Kloster der Wunder wirkenden Weltferne". Es ist eine fast schon hörbare Stille und greifbare Weihe, durch die buddhistische Heiligtümer auch auf Menschen aus dem abendländischen Kulturkreis immer wieder eine ganz besondere Anziehungskraft ausüben. Räucherstäbchen, brennendes Papiergeld, in Gebete versunkene Menschen, die Allgegenwart der Drachen- und Phoenix-Symbolik – all das verleiht der Szenerie einen Hauch von Entrücktheit, Stillstand und Ewigkeit. Geheimnisvolle, in die Felsen gehauene „Feilai Feng"-Buddha-Figuren sind Stein gewordene Zeugen der Gemeinschaft religiösen menschlichen Geistes mit der Ewigkeit der Natur. Steinpagoden, Bildreliefs, Standbilder und Kaligraphien bilden eine harmonische Einheit mit den einzigartig schönen Gärten, den idyllischen Teichen und wundervollen, alten Bambuswäldern.

Die Geschichte des Lingyin-Klosters weist zurück in die Epoche der östlichen Jin-Dynastie. Die buddhistische Lehre stammte ursprünglich aus der Region des heutigen Indien und wurde schon sehr früh von Missionaren nach Osten getragen. Der Mönch Huili war einer der ersten indischen Missionare, die so weit nach Osten vorgedrungen waren. Bereits im Jahr 328 unserer Zeitrechnung hatte er eine so beträchtliche Zahl von Anhängern um sich versammelt, dass er den Grundstein zum Bau des Lingyin-Klosters legen konnte, das noch heute eine der größten und reichsten buddhistischen Klosteranlagen

恶和尚与丑乌龟

Das Lingyin-
Kloster
灵隐寺

　　佛教是中国最主要的宗教之一。在杭州附近就能
找到不少佛教寺庙，其中最著名的就是灵隐寺。灵隐寺
译成德语的意思是"灵魂隐蔽之寺"，抑或是"远离尘
嚣以见神迹的寺庙"。这种能听到的寂静和能感受的庄
重，即便是来自西方国家的游客们也同样可以乐在其
中。袅袅的熏香，燃烧的纸钱，朝拜的人群，还有随处

Chinas ist. Er war davon überzeugt, dass der Berg, auf dem seine Tempelanlagen entstehen sollten, heilig sei – durch göttlichen Ratschluss und himmlische Kräfte an genau diesen Punkt der Erde getragen.

Während der Pogrome gegen die Buddhisten im neunten Jahrhundert wurden die Tempel weitgehend zerstört – um weniger als hundert Jahre später größer und schöner als je zu vor neu errichtet zu werden. In der Zeit des Wuyue-Königreichs gegen Anfang des 10. Jahrhunderts beteten über 3000 Mönche in den fast 300 Tempelhallen, Türmen und Pavillons des Klosters.

Zur Mitte des 19. Jahrhunderts, während des Taiping-Aufstands, wurde das Lingying-Kloster ein zweites Mal fast vollständig zerstört und erst gegen Ende der Qing-Dynastie zu Beginn des 20. Jahrhunderts in der heutigen Gestalt neu aufgebaut. Dass das Kloster die Stürme der Kulturrevolution ebenso unbehelligt überstanden hat, wie auch die langen Kriegsjahre vor der Gründung der Volksrepublik China, ist nicht zuletzt der persönliche Verdienst des damaligen Premierministers Zhou Enlais, der sich sehr für die kulturellen Schätze eingesetzt hatte.

Übergroße Buddhafiguren, darunter der „lachende Buddha", füllen die Tempel, von denen die Halle der Himmelskönige einer der schönsten ist, fast völlig aus. Betende Menschen knien vor den Gottheiten, verbrennen Räucherstäbchen und bitten um Glück und Gesundheit für sich und ihre Lieben.

Das Jinshan-Kloster, ein weiteres östliches Heiligtum, war der Ausgangspunkt für die unheilvollen Dinge, die Leben und Glück der

可见的龙凤图案——所有这一切都为寺院平添几分梦
幻、沉寂和永恒的气息。飞来峰上那些充满神秘色彩的
石佛，见证着人类宗教精神和恒久自然的曼妙结合。石
塔、浮雕、塑像、书法，连同那些秀丽的园林，宜人的
潭水和古老的竹林，共同构成了一幅和谐的画面。

Tempelfragment im
Lingyin-Kloster
灵隐寺庙宇一角

　　灵隐寺的历史要追溯到东晋时期。佛教起源于现在
的印度，很早就传到中国。印度高僧慧理便是最早的传
教者之一。早在公元328年，他就广纳门徒，这些人数可
观的追随者们成为他创建灵隐寺的重要基础。灵隐寺及
至今日仍是中国最大、最富有的寺庙之一。慧理深信，
建寺的那座山是神圣的——正是神的旨意和上天的力

zwei Liebenden am Westsee jäh erschüttern sollten.

Fa Hai, die boshafte Schildkröte lebte weiterhin im Westsee und sann auf Rache an Suzhen für die erteilte Schmach. Nie hatte Fa Hai die Hoffnung aufgegeben, den Grund des Sees zu verlassen und ebenso wie Suzhen in menschlicher Gestalt ein Leben auf dem Festland zu führen. Nicht Menschenliebe und hohe Ideale waren die Gründe, die Fa Hais Wunsch nährten, an das Ufer des Westsees zu ziehen, sondern Egoismus, Hass, Boshaftigkeit und Neid gegenüber den Menschenwesen, vor denen er sich wegen seiner Schildkrötengestalt schämte. Nein, nicht nur Suzhen, sondern das ganze menschliche Geschlecht sollte eines Tages dafür büßen, dass er so viele Jahre in dieser erbärmlichen Gestalt sein Leben fristen musste.

Weil Fa Hai die Menschwerdung aus eigener Kraft nicht gelang, machte er sich auf den Weg in den Himmel, wo der höchste Buddha lebte. Durch dessen Macht sollte es gelingen, das Äußere eines Menschen anzunehmen. Doch statt mit dem Buddha zu sprechen, lauerte Fa Hai stundenlang vor dessen Tempel und wartete auf die Stunde der Nachtruhe. Bald, nachdem die letzten Lichter erloschen waren und alle Bewohner des Himmels sich zur Ruhe begeben hatten, schlich die Schildkröte in die Schlafgemächer des großen Buddhas. „Bloß kein Geräusch", sagte Fa Hai sich unentwegt, schlich an dem Schlafenden vorbei in die Kleiderkammer, nahm Mantel, Stab und Opferschale an sich und stahl sich geräuschlos davon.

Mit diesen göttlichen Insignien der Macht versehen war es für Fa Hai ein Leichtes, sich in einen Menschen zu verwandeln, zumindest äußerlich. Aus Fa Hai, der hässlichen Schildkröte wurde Fa Hai, der nicht minder hässliche „Mensch". Seine Gestalt war so abstoßend,

量，分毫不差地选定了这个位置。

在9世纪佛教遭到压制的时候，这个寺庙也受到了严重的破坏——但是不出一个世纪，人们又把它翻修一新，使得它比以前更宏伟更漂亮。在10世纪初的吴越年间，有超过三千名僧人在近三百个殿堂、楼阁里修行。

19世纪中期，也就是太平天国年间，灵隐寺遭到了史上第二次破坏。直到20世纪初清朝末年才被重修，也就是我们今天看到的样子。在文革年间，当时的总理周恩来力主文化保护，灵隐寺并没有受到太大的破坏。

一个巨大的弥勒佛像几乎占据了整个天王殿。人们在佛像面前跪拜焚香，祈求自己的幸福、健康和爱情。

金山寺，另一座东方风格的寺庙，也是破坏西子湖畔许仙与素贞爱情和生活的起点。

法海这只阴险的乌龟，依然待在西湖里，处心积虑地酝酿如何报复白素贞。他从未放弃过离开西湖的念头，也想和素贞一样，变成人生活在陆地上。但是吸引他的不是对人的热爱和友善，而是自私、仇恨、恶毒以及对人类的嫉妒。他为自己是只乌龟而感到羞耻。他想要素贞甚至整个人类为他多年来的耻辱付出代价。

由于仅凭自己的法力无法变成人，法海于是来到天上寻找如来佛祖。他妄图借助佛祖的力量将外表变成

dass er vor sich selbst erschrak, als er sich zum ersten Mal im Spiegel des stillen Sees erblickte. Sein Äußeres war zum Spiegelbild seiner Seele geworden.

Das ein solch abgrundtief hässlicher Mensch ganz gewiss keine Lebensgefährtin finden würde, schien Fa Hai nicht weiter zu stören. So machte er sich sogleich auf den Weg ins nahe Jinshan-Kloster, wo er erst einmal als Mönch untertauchen und von hier aus seine teuflischen Pläne in die Tat umsetzen wollte.

Schon bald nach dem Eintritt in das Kloster begann Fa Hai damit, sich zum Wortführer unter den Mönchen aufzuspielen. Mit Boshaftigkeit und gezielten Intrigen säte er Zwietracht und Neid unter den Brüdern und machte sie sich dadurch derart gefügig, dass er sich von ihnen schon bald zum Abt ernennen ließ.

Seit Fa Hai im Jinshan-Kloster lebte, ereigneten sich in der ganzen Region unerklärliche Dinge. Bisher völlig unbekannte Krankheiten suchten die Menschen heim und die ratlosen Ärzte der Umgebung hatten alle Hände voll zu tun. Niemand erahnte das böse Spiel des falschen Abtes. Dieser hatte eine diebische Freude daran, andere Menschen leiden zu sehen. Nichts schien ihm unerträglicher, als der Anblick fröhlich lachender, gesunder und glücklicher Menschen. Mit seinen magischen Kräften erzeugte er Krankheit, Not und Unglück und freute sich über jeden Todesfall, den er verursacht hatte.

Die Menschen vermuteten wohl, dass es ein böser Zauber sein mochte, der sich hinter diesen rätselhaften Vorgängen verbarg, eine Erklärung oder gar einen Verdacht hatte jedoch niemand. Hinter stillen Klostermauern, unerkannt von der Außenwelt, zog der hasserfüllte

人形。但是他并没有直接去跟佛祖说，而是悄悄躲在寺里，直到夜深人静。灯火全熄，所有的神灵都休息了，这只乌龟偷偷地爬进如来佛的卧房。"千万不要出声，"法海对自己说。他经过沉睡的佛祖，钻进他的衣柜，偷走了袈裟、禅杖和金钵用来修炼。

借用这些器物上的法力，法海至少在外表上变得像人了。可是，变成人形的法海和原来的乌龟一样丑。这副面孔十分可憎，即使他自己看到湖水中的倒影时，也险些被这副尊容吓倒，外表正是他内心深处的真实写照。

如此丑陋的人一般无法找到伴侣，但法海却全然不在乎。他前往金山寺，在那里剃发为僧，以便实施他那邪恶的计划。

刚进寺院，法海就用花言巧语蛊惑那里的僧人。他不断地在和尚之间挑起是非争端，到了最后竟然所有的人都对他顺从起来，还推举他做寺里的住持。

自从法海来到金山寺以后，整个地区就接连发生了许多奇怪的事情，到处都是得怪病的人，医生们也束手无策，没人猜得到这其实是寺里住持和尚的邪恶把戏。他看到其他人受苦，心中就幸灾乐祸。他人的欢乐、健康和幸福是他最难以忍受的。他的法力给人们带来的是疾病、灾难以及不幸，每当有人因此而死的时候，他就暗地里高兴。

Schildkröten-Mensch immer weitere Kreise – nichts und niemand konnte ihm Einhalt gebieten. Auch seine Klosterbrüder wussten nichts von dem wilden Treiben ihres Abts.

Und doch hielt sich, sehr zum Erstaunen des falschen Klosterbruders, das Ausmaß des Schadens, den er anzurichten versuchte, deutlich in Grenzen. Die Menschen von Hangzhou waren wohl stärker und resistenter gegen Krankheiten, als er dachte. Je mehr er sich mühte, desto wirkungsloser erschien sein Zauber. Oder gab es eine Macht, die sich ihm widersetzte. Lange Zeit fand Fa Hai keine Erklärung, bis einer seiner Klosterbrüder ihm eines Tages von einer Apotheke am Westsee erzählte…

人们也开始猜测，这连串的怪事背后定然隐藏着一个恶毒的巫师，但是却没有谁能看破这一切，哪怕是发现嫌疑。在金山寺与世隔绝的高墙背后，这个人形龟还在不断地祸害百姓——没有什么可以阻止他，就是他的师兄弟们也不知道这个所谓住持的种种恶行。

　　即便如此，恶和尚的卑劣伎俩也无法完全得逞。杭州的百姓们抵抗疾病的能力比他想象的要强，他越是费劲，法力似乎就越弱，看来，有人能够克除他的法力。法海百思不得其解，直到后来他的师弟跟他提起了杭州西湖边上的那家药房……

Die Apotheke von Hangzhou

„China ist die Heimat der Teezeremonie, ein Kind von ihr ist nach Japan gewandert. Man kann sagen, dieses Kind wächst dort gesund."
(unbekannter japanischer Teeliebhaber)

Chinesische Teehäuser haben ihre eigenen Gesetze und einen Zauber, den Worte nur schwer wiedergeben können. Wie wir mittlerweile wissen, ist die Teekultur ein zentrales Element der chinesischen Lebenswelt. In den schönsten Teehäusern Hangzhous kann man auch heute noch die traditionelle Teezeremonie miterleben. Es ist nicht ganz einfach, die einzelnen Schritte dieser feierlichen Prozedur zu verstehen.

Chinesische Teezeremonien sind komplexe Systeme aus konfuzianischen, daoistischen und buddhistischen Elementen, in denen sich die enge Verbindung zwischen Materie und Geist in einzigartiger Weise manifestiert. Der Konfuzianismus bildet den Kern des Geistes der chinesischen Teezeremonie. Durch das Trinken des Tees entsteht eine große Harmonie, in der Verständnis und Freundschaft sich vereinen. Es gibt in China kaum ein festliches Ereignis, das nicht zumindest mit einer Tasse Tee eröffnet wird. Tee steht in engem Zusammenhang mit den fünf Elementen Metall, Holz, Wasser, Feuer und Erde und verkörpert die pantheistische Grundidee chinesischer Weisheitslehre.

Für die Teezeremonie Gong Fu Cha reinigt der Zeremonienmeister die Teeschalen mit heißem Wasser. Dann werden die Teeblätter in die Kanne gegeben und mit heißem Wasser übergossen. Dieser erste Aufguss öffnet nur die Blätter und verringert die Bitterkeit der späteren Aufgüsse. Für den folgenden „Aufguss des guten Geruchs" füllt der Teemeister das Kännchen ein zweites Mal mit Wasser, lässt den Tee bis zu einer halben Minute ziehen und gießt den Aufguss schichtweise in die Teeschalen. Die Aufgüsse werden dann mit demselben Tee mehr-

杭州药店

"中国才是茶道的故乡，在那里出生的一个孩子后来东渡日本。可以这么说，这孩子在日本成长得还不错。"

——日本茶道爱好者

中国的茶馆有自己的门道和魅力，很难用言语来描述。我们现在渐渐知道，茶文化是中国人日常生活的核心要素之一。在杭州那些优雅的茶馆里，人们仍然可以体验到传统的茶道，要理解这程序的每一个步骤，可不是件容易的事情。

中式茶道是集合了儒释道元素的一套复杂体系，在这个体系里，物质与精神巧妙融合。儒家思想是中国茶艺的精髓所在，理解和友谊在饮茶的过程中幻化成一种和谐之美。在中国，几乎每个节日或是庆典都至少要以一杯茶作为开端。茶还与中国的金、木、水、火、土五行学说结合，体现出中国泛神论智慧的基本思想。

喝功夫茶的时候，茶艺师要先用热水洗茶碗，再将茶叶放进茶壶里加入热水。沏第一道茶只是为了让茶叶舒展并去掉其中的苦味。接下来的步骤，也就是"玉液回壶"，茶艺师要给茶壶第二次蓄满水，静候大约一分半钟后再依次倒入不同的茶碗里。之后再不断地重新沏茶，质量上乘的茶叶可反复沏十五次。每次泡的时间要比前一次长十秒钟左右，如此一来，每次的味道都有所不同。

fach wiederholt, bei sehr guter Teequalität bis zu 15 Mal. Dabei lässt man den Tee jeweils zehn Sekunden länger ziehen als zuvor, wobei jeder Aufguss anders schmeckt.

Nachdenklich schob Suzhen ihre Teetasse beiseite und wartete auf einen neuen Aufguss des Teemeisters. „Ich habe ein sehr ungutes Gefühl. Was hier geschieht, kann nicht ganz mit rechten Dingen zugehen." Xian runzelte die Stirn. „Ja, du hast schon Recht. Jeden Tag ein bis zwei neue Krankheiten. Ohne dich würden die Leute hier scharenweise sterben. Ich habe noch immer nicht ganz begriffen, wie du das machst, aber ich glaube an dich!"

Suzhen lächelte. „Ich habe einen dunklen Verdacht", flüsterte sie bedeutungsvoll. Xian wusste nicht, dass seine Frau in früheren Zeiten in den Tiefen des Westsees gelebt und davon geträumt hatte, als menschliche Frau eine neue Wirklichkeit zu finden – bei aller Offenheit hatte sie es bisher nicht gewagt, sich dem geliebten Mann zu offenbaren.

Sie fühlte eine reale Gefahr und ahnte, dass Fa Hai, die feindselige Schildkröte vom Grunde des Westsees etwas mit diesen höchst merkwürdigen Vorgängen zu tun haben könnte. Allerdings konnte sie sich nur schwer vorstellen, dass es Fa Hai gelungen sein konnte, den See zu verlassen und sich als Mensch in der Umgebung niederzulassen. Ein tugendhaftes und reines Leben, Grundvoraussetzung für die Verwandlung in eine menschliche Gestalt, hatte der Bösewicht niemals geführt. Die Möglichkeit, dass das Werk durch Hinterlist und Diebstahl gelingen würde, hatte sie nicht erwogen.

Im Gegensatz zu Fa Hai war Suzhen erfüllt von tiefer Liebe zur Welt und allen Lebewesen, die sich darin bewegten. Zu jeder Tages- und Nachtzeit öffnete sie ihre Türen für Menschen, die sich in einer Notlage befanden oder medizinischer Hilfe bedurften.

素珍沉思着把茶碗推向一旁，等茶师傅来添新茶。"我有一种不祥的预感。要发生大事情了。" 许仙闻言皱起了眉头："你说得没错。每天都有一两个人新染上病。要是没有你的话，这些人都会陆续死掉。我到现在也不知道你是怎么开方子帮他们治病的，但是我相信你！"

素贞淡淡一笑，"我隐约觉得有个人很可疑，"她意味深长地低声说道。许仙并不知道自己的妻子以前曾是生活在西湖水下那条渴望变成人的白蛇。虽然她对自己的丈夫十分坦诚，但是对这件事情她却一直保守着秘密。

她感到危险正在渐渐逼近，而这一切都和西湖里那只充满邪恶的乌龟——法海有关系。不过她猜不透法海是如何离开西湖变成人形在附近生活的。要知道，只有常年静心修炼才能拥有人形，心怀恶念可做不到。她没有想到，这个家伙竟然窃取了如来佛祖的宝物帮自己变成了人。

与法海完全不同，素贞修炼成人是因为她为世界和生命所感动，心怀深爱。只要有人需要治疗或是抓药，无论多早多晚，素贞都会敞开大门接纳他们。

她使用法术，直到备好治病的良方后才去休息，她和许仙常常忙得不可开交，废寝忘食。借助于良药、热心以及对贫民的救济，他们让法海的巫术在当地大大减弱。两人开的那家药店声名鹊起，在杭州附近地区几乎无人不知。

Sie nutzte ihre magischen Kräfte und ruhte nicht, bis sie auch zu den außerordentlichsten Krankheiten ein Gegenmittel entwickelt hatte. Sie und Xian hatten alle Hände voll zu tun und kamen oft kaum noch zum Schlafen. Mit ihren ausgezeichneten Medikamenten, ihrer Hilfsbereitschaft und ihrer Wohltätigkeit milderten sie das Ausmaß des Schadens, den Fa Hai mit seinem bösen Zauber anzurichten suchte, erheblich ab. Ihre Apotheke war so bekannt, dass es in der weiteren Umgebung Hangzhous kaum jemanden gab, der noch nie von ihr gehört hatte.

Das Leben am Westsee, die Arbeit in der Apotheke, der unermüdliche Einsatz für kranke und hilfsbedürftige Menschen — all das brachte die Beiden nur noch näher zusammen, als zuvor. Jeder unterstützte den Anderen eben, so gut er konnte und sie lernten, wie wichtig es war, sich auf den andern verlassen zu können.

Sie waren sehr glücklich über die schöne Freundschaft mit Xiao Qing, die sie unermüdlich unterstützte und ohne die sie all die Arbeit wohl kaum bewältigt hätten. „Gute Freunde erkennt man am besten in schwierigen Zeiten", dachte Suzhen und lächelte, wenn sie sah, mit welcher Begeisterung Qing sich in ihre Arbeit stürzte.

„Wie schön ist es, nach einem herrlichen Abendessen bis spät in der Nacht in einem Teehaus zu sitzen und über Gott und die Welt zu philosophieren", sagte Xian oft am Ende eines langen Tages. Besonders an warmen Sommertagen erlebten sie die stille Schönheit der See- und Gartenlandschaft in besonderer Tiefe. Sie erfreuten sich ihrer Jugend, genossen jeden Augenblick und lernten, dass der Einsatz für andere Menschen nur ein Spiegelbild jener Liebe war, die sie für einander empfanden.

Es war eine sternenklare Nacht im späten Juni. Suzhen und Xian saßen auf einer steinernen Bank auf der Insel der kleinen Ozeane.

西子湖畔的生活，药店里的工作，还有对病人无微不至的关怀——这一切都使得许仙和素贞二人更加亲密无间。他们彼此支持，也深深懂得，相信对方是多么重要。

小青无私的帮助也是他们的福气。要是没有她的话，药店的事情简直难以想象。"患难见真情。"每当看到小青操劳的时候，素贞就会笑着想到这句话。

"在一顿丰盛的晚饭之后闲坐茶馆聊聊神仙和尘世，这该是件多么惬意的事情呀！"许仙常会在漫长的一天过后发出感叹。特别是在暖洋洋的夏日，他们一起欣赏湖光山色以及园林的幽静，他们喜欢自己的年轻，享受着每一刻时光，也体验到一同为他人付出辛劳令他们彼此更加相爱与珍重。

这是六月底的一个夜晚，月朗星稀。素贞和许仙坐在小瀛洲岛的一块石凳上。"我要用五彩的绸缎来装饰孩子的房间。可惜咱们还没有童床……"素贞温柔地将头靠在许仙肩上。每一天结束，她都会享受夜的宁静，观赏映在湖面的星空，这样她便很快地忘却烦恼，和自然融为一体，感受内心深处片刻的欢愉。

"孩子一旦降生，谁来照顾这些病人呢？"类似的问题不止一次困扰着她。她自然非常向往三口之家的生活。她也想好了，事先准备出足够的药品以备不时之需。

„Wir sollten das Kinderzimmer mit bunten Seidentüchern schmücken. Ein Kinderbett haben wir auch noch nicht …", sagte Suzhen und schmiegte sich zärtlich an Xians Schulter. Sie genoss es sichtlich, nach einem arbeitsreichen Tag in der Stille der Nacht den Sternenhimmel im unbewegten Spiegel des Westsees zu betrachten. So gelang es ihr am leichtesten, ihre Sorgen hinter sich zu lassen, eins zu werden mit der Harmonie der Natur und das Glück des Augenblicks in der Seele wirken zu lassen.

„Wer wird sich um die kranken Menschen kümmern, wenn ich mein Kind bekomme?" Diese und ähnliche Fragen beschäftigten Suzhen unentwegt. Sie freute sich sehr auf das Leben zu dritt. Für die notwendigen Ruhetage würde sie gewiss eine ausreichende Menge an Medikamenten vorbereiten können.

Sie wusste, dass kein Grund zur Besorgnis bestand. Dennoch war sie in dieser Nacht von einer ungewohnten Unruhe ergriffen. Schon seit dem späten Nachmittag hatte sie mehrmals das Gefühl, beobachtet zu werden. Sie schob es zuerst auf den fortgeschritten Zustand ihrer Schwangerschaft. Während sie nun aber mit Xian über ihre künftiges Kind sprach, fühlte sie, wie sich im nahen Bambuswäldchen zwei glühende Augen auf sie richteten. Im selben Moment, als sie in die Richtung sah, aus der sie beobachtet wurde, hörte sie ein Rascheln und schnelle Schritte eines davon eilenden Menschen. „Hatte Fa Hai es wirklich geschafft, in menschlicher Gestalt den Grund des Sees zu verlassen?" Bai Suzhen ahnte bereits das herauf ziehende Unheil.

„Xian, ich glaube, uns droht große Gefahr", sagte Suzhen. „Wir müssen sehr gut auf uns und unser Kind aufpassen. Komm, lass uns Schlafen gehen. Morgen wartet wieder viel Arbeit auf uns." Erschrocken nahm Xian seine Suzhen bei der Hand und ging mit ihr nach Hause. So besorgt hatte er seine Frau noch nie zuvor gesehen.

她明白自己其实有些杞人忧天，但这一晚，她还是忐忑不安。从下午开始，她就觉察到有人在暗中跟踪她。一开始她以为是怀孕的正常反应。当她和许仙谈起未来的孩子时，突然感觉到不远处的竹林里有一双闪闪发光的眼睛正紧盯着她。可当她向那个方向望去，却只听到沙沙声，仿佛有人奋步疾走。"难道法海真的变成了人离开西湖水底了吗？"白素贞禁不住暗自思量。

　　"许仙，我们可能要大难临头了，"素贞说。"我们得好好照顾腹中的孩子。走，快回家休息吧。明早还有一堆活儿等着我们呢。"许仙不安地挽着素贞的手，两人回到家中。在此之前，他还从未见过自己的妻子如此忧心忡忡。

Das Drachenbootfest

Vor allem in den südlicheren Provinzen Chinas feiert man am 5. Tag des 5. Mondmonats des chinesischen Kalenders das traditionelle Drachenbootfest. Die Geschichte dieses Festes reicht zurück in die Zeit der streitenden Reiche.

Qu Yuan gilt als der erste Dichter der chinesischen Literatur. Er lebte von 340 bis 278 vor unserer Zeitrechnung und stammte aus dem adeligen Geschlecht der Könige von Chu, die zusammen mit dem Königshaus Qin zu den einflussreichsten Lehnsherren jener Zeit zählten.

In der chinesischen Geschichtsschreibung erscheint Qu Yuan als hoch talentierter und diplomatisch gebildeter Patriot, der sich mit all seiner Kraft für sein Land und besonders für das Königshaus Chu eingesetzt hatte.

Zugleich schrieb Qu Yuan viele Lieder und Gedichte, die auch heute noch zum bedeutendsten Kulturerbe der chinesischen Nation zählen. Sein Klagelied „Lisao", das „Lied der Trauer nach der Trennung", ein ebenso romantisches, wie politisch engagiertes Gedicht, gilt als das umfangreichste Werk dieser Gattung in der chinesischen Literaturgeschichte. In diesem Poem gibt der Autor seiner Hoffnung Ausdruck, dass der König von Chu bei der Besetzung der wichtigsten Ämter seines Reichs eine so glückliche Hand habe, dass es dem rivalisierenden Qin-Reich ausreichenden Widerstand leisten könne. „Lisao" sprengte die beschränkten und eher archaischen Formen der bis dahin gängigen Gedicht- und Liedformen und öffnete mit seiner hohen Sprachgewalt und Ausdruckskraft neue Dimensionen für das poetische Schaffen des alten chinesischen Reichs. Sein Werk gilt als Ursprung des romantischen Realismus in der chinesischen Lyrik.

端午节

每年农历的五月初五是传统的端午节，最先兴起于中国南方，说起它的由来，可以追溯到战国时代。

屈原是中国文学史上第一位伟大诗人。他生于公元前340年，卒于公元前278年。屈原出身在楚国的贵胄之家，那时，楚国同秦国一样可算是当时最有影响力的国家之一。

从中国史书的描写中可以看出，屈原是一位极具才华和外交能力的爱国者，他将毕生的精力都献给了楚国，特别是楚王。

与此同时，屈原还创作了大量的诗歌，这些诗作至今仍被视为中国最重要的文化遗产。因不满现状而创作的《离骚》——"离别后的忧郁之歌"，是一部既浪漫又充满政治色彩的诗赋。它可谓是中国文学史上此种体裁中涵盖面最广的作品。诗中表达了诗人希望楚王能在重臣的鼎力辅佐之下抵抗秦国的夙愿。《离骚》冲破当时诗歌传统框架的束缚，以其非凡的文采与表现力为中国古代诗歌开创了新的空间。屈原的作品因此成为中国浪漫现实主义抒情诗歌的鼻祖。

在著名的《天问》一诗中，嵌有他向上天提出的172个涉及天文、地理、文学及哲学方面的问题，以这些问句，屈原向构成当时世界观的根本要素提出了质

In seinem berühmten Gedicht „Tian Wen" in dem er 172 Fragen aus den Bereichen Astronomie, Geographie, Literatur und Philosophie an die Mächte des Himmels richtet, stellt Qu Yuan zentrale Grundelemente des damaligen Weltbilds in Frage. Noch heute lieben die Menschen in China die Schönheit seiner metaphorischen Ausdrucksformen, die Personifizierung von Blumen und Bäumen und die phantasiereiche Beschreibung zauberhafter Feenwesen.

Seine in „Lisao" besungene Hoffnung auf den Sieg des Reiches Chu über das rivalisierende Qin-Reich wurde nicht erfüllt. Im Gegenteil: Die Korruption in der Beamtenschaft des Chu-Reichs nahm immer mehr zu. Gezielte Intrigen und Denunziationen brachten ihn um Ämter und Einfluss und entfremdeten ihn zutiefst von der herrschenden Klasse.

Das Chu-Reich verlor immer mehr an Einfluss und wurde im Jahr 278 vor unserer Zeit vom Königreich Qin erobert. Aus Verzweiflung über diese Entwicklung und seine persönliche Machtlosigkeit ertränkte er sich im nahe gelegenen Fluss Miluo.

Beim einfachen Volk war Qu Yuan überaus beliebt und wegen seiner reinen Gesinnung verehrt. Als Bewohner das Flussufers von Miluo beobachteten und sahen, wie der verzweifelte Dichter in die Fluten schritt, stiegen sie unverzüglich in ihre Drachenboote, um das Leben des geachteten Patrioten und Dichters zu retten.

Dieser vergebliche Versuch war der Ursprung der Drachenbootfeste, mit denen auch heute noch des berühmten chinesischen Dichters Qu Yuan gedacht wird.

Die Drachenboot-Regatta ist stets der Höhepunkt der Drachenbootfeste. Nach dem Start schießen die Boote regelrecht durch das Wasser. Mehr noch als die sportlichen Erfolge begeistern die prächtigen und

疑。至今中国人还是十分热爱他那种比喻手法的美感，花草树木的拟人化以及对魔幻色彩的神界充满想象力的描写。

可惜，《离骚》里所寄予的抗秦愿望并没有得以实现，相反，楚国的官场腐化日益严重。精心筹划的阴谋与可耻的告密使得他失掉了官位和影响力，与统治阶级的关系日渐疏远。

楚国江河日下，于公元前278年终为秦所灭。屈原深感无望，伤己之落魄，于是投江殉国，葬身汨罗江。

屈原在民间颇受爱戴，人们景仰他的高风亮节。当汨罗江沿岸的居民看到诗人在江边郁郁独行并纵身跃入江中时，他们立刻跳上龙舟，想要挽救他的生命。

这次徒劳的解救便是端午节的来历，至今人们仍以此种方式来纪念这位著名的爱国诗人。

端午节的高潮历来是赛龙舟。竞赛开始，所有的龙舟便朝同一个方向冲去，令观众兴奋的并不是单纯的胜负，那些宏伟壮观、五彩斑斓的龙舟本身就极具吸引力。

成年人们用五色丝线串起的香囊、荷包来装饰自己的衣服和脖颈，香囊中装有清香的药草和香料，有着预防疾病的功效。

bunten Drachenboote selbst die Besucher.

Die Erwachsenen schmücken ihre Kleidung oder ihren Hals mit an bunten Schnüren gereihten, farbenfrohen Seidenbeutelchen, die duftende Kräuter und Aromen enthalten und die Menschen vor Seuchen und schweren Erkrankungen schützen sollen.

Wenn der fünfte Mondmonat anbricht, beginnen chinesische Familien mit der Zubereitung der Zongzi, einer traditionellen Speise, die nur während des Drachenbootfests und an den darauf folgenden Tagen gegessen wird. Zongzi sind in Bambusblätter gewickelte Klebreis-bällchen, die je nach Region mit chinesischen Datteln, süßem Bohnenbrei, Schinken, Garnelen, Erdnüssen, Eigelb und manchmal auch Fleisch gefüllt sind. Während man im Norden des Landes eher süße Zongzi serviert, bevorzugen südlichere Regionen die herzhaften Varianten. Die Zongzi sind eine Erinnerung an die Reiskügelchen, die die Menschen einst in den Fluss geworfen haben sollen, damit die Fische sich nicht an dem Leichnam des Qu Yuan vergriffen.

Es war der Abend des Drachenbootfests. Die untergehende Sonne spiegelte sich in leuchtendem Rot über dem glänzenden Spiegel des Westsees. Überall standen fröhliche, angeregt plaudernde und lachende Menschen in Grüppchen beisammen, um gemeinsam den Ausklang eines schönen Festtages zu genießen.

„Ich glaube, das war die schönste Drachenbootregatta, die ich je gesehen habe." Bai Suzhen knabberte selig lächelnd an einem mit Hackfleisch gefüllten Zongzi. Hungrig vom langen Abend hatte sie sich zusammen mit ihrem Mann Xian und ihrer Freundin Qing in den Garten eines gemütlichen Teehauses gesetzt, um sich zu stärken und bei einer Tasse grünen Tees noch einmal die bunten Drachenboote zu beobachten, die mittlerweile an verschiedenen Anlegestellen des Sees angedockt waren.

每当农历五月将临，传统的中国家庭就开始准备在端午节才会吃到的东西——粽子。粽子是用竹叶*包起来的糯米团，里面的馅料因区域的差别而不同，通常有红枣、豆沙、香肠、虾、花生仁、蛋黄，有些时候还会加上肉。北方一般会吃甜粽子，而南方则各具特色。当年人们用米团来引开鱼群，以免屈原的尸体葬身鱼腹，粽子就是对这种米团的纪念。

*粽叶的材料各地不同，除竹叶外，还有艾叶、苇叶和荷叶。

这是端午节的傍晚。落日映红了西湖水面。四处都是欢乐的百姓，他们拍着手，三五成群，一同享受这美好的节日。

"这可是我见过的最精彩的龙舟赛。" 素贞一边品尝着肉粽一边开心地笑道。带着长夜前的辘辘饥肠，素贞、许仙和小青三人一块来到一家舒适的茶馆里吃饭，在饮绿茶的同时还能欣赏停泊在湖上的色彩斑斓的龙舟。

当晚流连在西湖岸边的，可不全是热爱生活的好心人。好几个星期了，素贞一直感觉到有双看不见的眼睛在盯着她。许仙对此毫无知觉，只是安慰娘子说："其实什么都没有，"他总是这样解释，"女人一旦有喜了，就会对外界的一点小动静都变得特别敏感。"

但是素贞的感觉并没有错：实际上就是那个邪恶的和尚法海每天在暗自跟踪她。一天晚上他听说西湖边有家药店出售神药，就赶到了杭州。他想知道，究竟是谁

Nicht alle, die sich an diesem Abend um den Westsee geschart hatten, waren guter Dinge und freuten sich ihres Lebens. Schon seit Wochen hatte Suzhen das Gefühl, dass ein paar unsichtbare Augen sie unentwegt beobachteten. Xian, der nichts von den Vorgängen zu bemerken schien, versuchte sie immer wieder zu beruhigen „Es ist nichts", sagte er immer wieder. „Wenn Frauen in anderen Umständen sind, sind sie oft besonders sensibel für Geräusche und äußere Eindrücke."

Doch Suzhens Gefühl sollte sie nicht trügen: Es war Fa Hai, der falsche Mönch, der sie seit Tagen nicht aus den Augen ließ. Noch am selben Abend, an dem er von der Apotheke am Westsee und der wundertätigen Medizin erfahren hatte, hatte er sich auf den Weg nach Hangzhou gemacht. Er wollte sehen, wer seine „Arbeit" so sehr sabotierte, dass seine Bemühungen nahezu wirkungslos waren. Durch das Fenster der Apotheke sah er einen jungen Mann, der gerade eine Kundin bediente. Im Hintergrund arbeiteten zwei Damen, eine war ganz in Weiß gekleidet, die andere in Grün. Sofort erkannte er, dass es sich bei der schönen weißen Dame um Bai Suzhen, die weiße Schlange vom Grund des Westsees handelte.

Von diesem Abend an folgte er der einstigen Gegnerin auf Schritt und Tritt und wartete mit hartnäckiger Geduld auf den entscheidenden Augenblick der Rache. Längst hatte er erkannt, dass Suzhen ein Kind erwartete und darum nicht in vollem Besitz ihrer magischen Kräfte war. Diese Schwäche galt es zu nutzen.

An diesem Abend des Drachenbootfests setzte er sich unauffällig an einen der hinteren Tische des Teehauses, in dem die drei Freunde den Tag mit Zongzi und grünem Tee ausklingen lassen wollten. Er setzte sich so geschickt hinter einen Kamelienstrauch, dass er jede Bewegung beobachten konnte, selbst aber vollkommen verborgen blieb.

Als Xian sich für einen Moment zurückzog, um sich die Hände von

破坏了他辛辛苦苦的"成果"。透过药店的窗户，他看到一个年轻人正在给一位女子看病。他的背后守着一个穿白衣和一个穿青衣的女子。法海立刻认出这位美丽的白娘子素贞就是以前西湖水底里的那条白蛇。

从那天起，他便每天都循着敌人的踪迹，耐心等待下手报复的机会。他早就发现，素贞已有身孕，无法正常支配她的法力。法海决定利用这个弱点。

端午节的晚上，许仙三人在茶馆里吃粽赏茶之时，他也偷偷地躲在那里。他狡猾地隐蔽在山茶花的后面，这样就可以很好地观察这几个人却又不被发现。

当许仙起身去洗手上粘的粽米之时，法海悄悄地跟在后面。"小子，你旁边坐着的是一个邪恶的魔鬼。"他对许仙耳语道。许仙被法海这个冒名和尚突然出现的丑脸吓了一跳。"别怕，我这是为你好，"法海压低着声音说，"我乃金山寺的高僧，此番特来提醒你，你现在处境危险。"许仙惊魂未定，他迷惑地望着法海故意眯起来的凶恶眼睛。

他简直无法相信法海所说的一切。

"坐在桌边的白娘子实际上根本就不是人，而是一条邪恶的毒蛇。她一直伺机加害于你。"

"胡说，"许仙答道，"素贞是我这辈子见过的最

白蛇传奇——中国的魔法世界｜73

den klebrigen Zongzi zu reinigen, folgte Fa Hai ihm. „An deinem Tisch sitzt ein böser Dämon", flüsterte er Xian ins Ohr. Fast zu Tode erschrocken blickte der entsetzte junge Mann in das fratzenhafte Gesicht des falschen Mönches. „Nein, erschrick nicht. Ich meine es gut mit dir", sagte Fa Hai mit gedämpfter Stimme. „Ich bin ein Mann Gottes aus dem nahen Jinshan-Kloster und bin gekommen, um dich zu warnen, denn du befindest dich in großer Gefahr." Während Xian sich vom ersten Schrecken erholte, blickte er verständnislos in die böse zusammengekniffenen Augen seines Gegenübers.

Er konnte einfach nicht glauben, was dieser zu erzählen hatte.

„Die weiße Frau an deinem Tisch ist in Wahrheit überhaupt kein menschliches Wesen, sondern eine böse, giftige Schlange, die sich gekonnt verstellt und nur auf den richtigen Augenblick wartet, um dich zu vernichten", zischte Fa Hai.

„Was für ein Unsinn", antwortete Xian. Suzhen ist das beste und reinste menschliche Wesen, das mir jemals in meinem Leben begegnet ist."

„Glaub' mir, hinter der freundlichen Fassade verbirgt sich ein schlimmer Dämon, der uns alle bedroht. Trinke mit ihr ein oder zwei Gläschen Schnaps oder Reiswein, und du wirst ihr wahres Ich erkennen", krächzte der böse Mönch bedeutungsvoll, und schlich davon.

善良最纯洁的人。"

"相信我，在她美丽外表的背后隐藏着一个恶魔，它会危害我们所有人。你和她喝一两杯烈酒或是黄酒，一切就会真相大白。"和尚用嘶哑的嗓音故作神秘地说完，随即扬长而去。

Der folgenschwere Reiswein

Südöstlich von Hangzhou, mitten im Gebiet des Yangtse-Deltas, liegt die über 2500 Jahre alte Stadt Shaoxing. Mit ihren vielen historischen Gebäuden, den engen Gassen und den verträumten, an Venedig erinnernden Kanälen, gehört sie zu den schönsten Perlen der südöstlichen Provinz Zhejiang.

Belebte Marktstraßen, aber auch stille Winkel, ruhige Teehäuser und ausgezeichnete Restaurants – an wenigen Orten kann man die wahre Seele dieses traditionsreichen Landes auf so lebendige Weise erleben, wie in Shaoxing. Wer sich von ortskundigen Fährleuten auf alten Holzkähnen durch die historischen Kanäle führen lässt, erlebt die Stadt von ihrer schönsten Seite.

Shaoxing ist der Heimatort des bedeutenden chinesischen Schriftstellers Luxun, einem der wichtigsten Wegbereiter der modernen chinesischen Literatur. Die Straßen seiner Kinderzeit sind heute ein Freilichtmuseum, das zu einer faszinierenden Zeitreise in die ursprüngliche Lebenswelt des zu Ende gehenden 19. Jahrhunderts einlädt.

Die Stadt ist zugleich auch das wichtigste Zentrum der chinesischen Reisweinproduktion. Die staatliche „Shaoxing County Winery China" produziert jährlich rund 30,000 Tonnen dieses feinen Getränks, das in der Küche des Landes häufig auch als Würze zur Verfeinerung von Feinschmeckergerichten Verwendung findet.

Reiswein aus Shaoxing gibt es in verschiedenen Sorten, von herb bis süßlich. Das dunkelbraune Getränk wird heute weltweit exportiert und kann in fast allen Asienläden gekauft werden. In der ganzen Provinz

可怕的黄酒

在杭州的东南方向，长江三角州的中部，坐落着一座有着2500年历史的名城——绍兴。众多年代久远的建筑，狭窄的街巷，还有让人联想到威尼斯的运河，使绍兴成为浙江省的一颗明珠。

Shaoxing
绍兴

这里有热闹的集市，也有寂静的角落，有安闲的茶馆，也有上好的餐厅——很少有哪个地方能像绍兴城这般，可以令人如此真切生动地感受到这个具有悠远文化传统的国家的真正灵魂。如果你有幸在当地向导的带领下坐着小木船在河上游玩，就有机会体验这个城市最美丽的一面。

绍兴是中国现代文学奠基人之一，著名作家鲁迅的故乡。他童年的街道现在变成了一个露天博物馆，来到这里就仿佛是到十九世纪末期那种原汁原味的生活世界做一次时间之旅。

Zhejiang, besonders in Shaoxing, ist der Reiswein das beliebteste Getränk für gesellige Ereignisse aller Art. Man trinkt es aus ganz kleinen Gläschen, hat aber stets ein großes Glas daneben stehen, aus dem man das kleine nach jedem Toast wieder nachfüllt. Das „Ganbei", wörtlich mit „trink aus" zu übersetzen, darf dabei nicht fehlen.

Sichtlich verstört von dem Gespräch mit dem seltsamen Mönch war Xian an jenem Abend des Drachenbootfestes wieder an den Tisch zurückgekehrt, an dem die beiden Damen schon auf ihn warteten. „Nein, es ist nichts passiert", sagte er, als er sah, dass Suzhen ihn besorgt anblickte. „Ich bin nur ein wenig müde. Komm, lass uns nach Hause gehen."

Nein, es konnte nicht wahr sein, was dieser Mönch ihm da ins Ohr geflüstert hatte. Und doch war er durch diese Überrumpelung noch so verwirrt, dass er, nachdem sie zu Hause angekommen waren, zum Küchenschrank ging, zwei Gläser und eine Flasche Reiswein heraus holte und sagte: „Komm, liebe Suzhen, lass uns vor dem Schlafen gehen noch ein Gläschen zusammen trinken." Suzhen hatte noch nie in ihrem Leben etwas Alkoholisches getrunken und hatte keinerlei Erfahrung damit. An diesem Abend war sie aber noch recht fröhlich und munter und ließ sich nichts ahnend zu einem Gutenachttrunk überreden.

Schon nach dem ersten Glas von dem süßlichen Dessert-Reiswein begann sie, die Wirkung des Alkohols zu spüren. Sie fühlte, dass die Schwangerschaft in Verbindung mit dem Wein sie so sehr geschwächt hatte, dass sie wohl bald nicht mehr die Kraft haben würde, ihre menschliche Gestalt zu bewahren. Nach einem zärtlichen Kuss zog sie sich in das Schlafzimmer zurück und legte sich schlafen.

LUXUN NATIVE PLACE

Luxun-Freilichtmuseum
in Shaoxing
绍兴鲁迅纪念馆

这个城市也是最重要的黄酒产地。国家级的"绍兴县酒厂"年产三万吨精致的美酿，它们还往往被用做佳肴的调料。

绍兴的黄酒有诸多不同的种类，从药草口味到甘甜口味的都有。这种深褐色的饮品如今已出口全球各地，几乎在世界上所有的亚洲商店都可以买到。在浙江全省，特别是绍兴，黄酒都是庆祝佳节最受欢迎的饮料。人们往往不会盛满一个大酒杯放着慢慢喝，而是用很小的酒杯，一喝完便马上续满新杯。"干杯"就是"把杯子里的酒喝干净"，自然是免不了的。

可想而知，端午节那晚与这个怪和尚的一番谈话，令许仙再回到桌前面对等候他的两位女子时，已是心绪

Kaum im Bett angekommen fühlte sie, wie sich ihr Körper in die Gestalt der weißen Schlange zurück verwandelte, so dass ihr nicht anderes übrig blieb, als sich unter die Bettdecke zu verkriechen. Xu Xian saß noch ein Weilchen auf der steinernen Bank vor dem Haus und genehmigte sich ein paar Gläschen.

Als er sich schlafen legen wollte, hatte er den Zwischenfall mit dem Mönch fast schon wieder vergessen. Leicht angeheitert legte er seine Kleidung ab und schob die Bettdecke beiseite. Sein Schrecken beim Anblick der darunter liegenden Schlange war so gewaltig, dass er sein Bewusstsein verlor, zu Boden fiel und völlig erstarrt liegen blieb, als sei alles Leben aus ihm gewichen.

不宁。"没事，我一点儿事都没有，"当素贞用关切的眼神望着他的时候，他连忙搪塞道，"我只是有些累了，走，咱们回家吧。"

不，和尚那些耳语绝不可能是真的。可是那些刺耳的话搅得许仙心慌意乱。他回家后，从橱柜拿出两只杯子和一壶酒*。"来，娘子，咱夫妻二人把盏两杯再去安寝。"素贞以前从来没有喝过任何酒，也无甚经验。这一晚，她心情不错，很是放松，也没推辞，便开始饮酒。

第一杯酒下肚，酒劲开始发作。素贞意识到怀孕和酒力让她虚弱许多，甚至都没有足够的气力来维持人的形态。于是在温柔一吻之后，她便匆匆回卧房休息。

还没来得及上床，她就发现自己已然恢复了白蛇的原形。没有办法，她只能钻进被窝躲了起来。许仙自己独自坐在石凳上又喝了几杯。

待他想要安寝之时，几乎已经忘了那个和尚所带来的不快。他欣慰地脱掉外衣，把被子朝自己这边拉了一把。当他看到床上蜷着的白蛇，吓得魂飞魄散，一头栽倒在地上，完全失去了知觉。

*这里说的就是雄黄酒，一般在端午节饮用。古代人认为雄黄可以克蛇蝎等百虫。

Reise nach Kunlun Shan

„Shan" ist das chinesische Wort für einen Berg oder ein Gebirge. Das Kunlun-Gebirge liegt im Westen des Landes, Tausende von Kilometern entfernt von Hangzhou und dem Westsee. Die fast 3000 km lange Bergkette mit Gipfeln bis zu 7723 Metern durchzieht die autonomen Provinzen Xinjiang, Tibet und anderen Provinzen und ist zum größten Teil eine Hochgebirgswüste.

In der chinesischen Mythologie ist Kunlun Shan eine heilige Stätte, weil sich dort der prächtige Jade-Palast von Huang Di, dem legendären Gelben Kaiser, befinden soll, der im Reich der Mitte traditionell als der Urvater des chinesischen Volkes betrachtet wird. Einer Legende aus der Zeit der streitenden Reiche kann man entnehmen, dass ihm ein himmlischer Wächter zur Seite stand, der den Kopf eines Menschen, den Körper eines Tigers und neun Schwänze hatte. Auf Kunlun Shan gab es wunderschöne Blumen und exotische Gewächse und viele seltene Tiere, heißt es dort weiter. Huang Di hielt sich einen Hausvogel, der ihm dabei behilflich war, seine Kleidung und seinen Hausrat in Ordnung zu halten. Überall auf den Bergen gab es herrlich weiche, weiße Jade, von deren kristallklaren, cremigen Absonderungen sich der Gelbe Kaiser ernährte.

Bahnbrechende Erfindungen wie der Wagen, das Boot und der chinesische Kalender werden dieser legendär-mythologischen Gestalt zugeschrieben. Seine Gemahlin Lei Zu soll das chinesische Volk gelehrt haben, wie man Seidenraupen züchtet und aus deren Fäden schöne Seidentücher webt.

Die Macht des Gelben Kaisers war unermesslich. Sein Reich erstreckte sich von Kunlun Shan im Westen bis ans Meer im Osten. Nachdem

昆仑之行

"*shan*"在汉语里的意思是山或山脉。昆仑山位于中国西部，离杭州有万里之遥。它横跨新疆、西藏自治区和其他省份，延绵近3000公里，最高峰有7723米，大部分是高原荒漠。

Das Kunlun-Gebirge
昆仑山

在中国的神话中，昆仑山是一个圣地，因为那里是传说中中华民族的宗祖——黄帝的玉官所在地。从战国时代的传说中可以得知，黄帝身旁有一个人面虎身，身后还长有九条尾巴的山神守护。据说，昆仑山上长满奇花异草，还有很多罕见的动物。黄帝还养有一只家禽，帮他整理衣物和料理家事。山上到处都是白色炫目的软玉，黄帝吃的就是这些从软玉里提炼出来的晶莹剔透的玉膏。

er sein hundertstes Lebensjahr vollendet hatte, holte ihn ein Drache zurück in den Himmel.

Der mythologische Ort gilt in der alten chinesischen Philosophie als das Paradies des Daoismus.

Es dauerte nicht allzu lange, bis Bai Suzhen sich wieder so weit erholt hatte, dass es ihr gelang, ihre schöne Frauengestalt zurück zu gewinnen. Als sie jedoch vom Bett aufstand und den erstarrten Xian auf dem Boden liegen sah, erschrak sie heftig. Keine Frage, dass der bemitleidenswerte Zustand ihres geliebten Mannes mit ihrer Schwäche in Zusammenhang stand. Nein, dass aber allein schon der Anblick der weißen Schlange im ehelichen Bett ihren Xian in so einen versteinerten Zustand zu versetzen vermochte, war mehr als unwahrscheinlich. Ein böser Zauber hatte von seiner Seele Besitz ergriffen und seine Willenskraft so weit geschwächt, dass sein Leben nach dem Anblick der weißen Schlange zunächst an einem seidenen Faden hing. Nun, da seine Frau ihn regungslos am Boden vorfand, war sein Leben aber bereits nicht mehr gefährdet. Sie erkannte jedoch sofort, dass sie ihn weder mit herkömmlichen Medikamenten, noch ihren magischen Kräften aus dem Fluch, der auf ihm lastete, erlösen konnte.

Bai Suzhen wusste, dass es nur Einen gab, der die Macht hatte, so etwas zu bewirken. Auch wenn sie noch nicht begriff, wie es Fa Hai gelungen war, den Grund des Westsees zu verlassen, bestand überhaupt kein Zweifel, dass dessen dämonischer Zauber auf dem Geliebten lastete.

Sie musste alles daran setzen, ihm sein Leben zurück zu geben. In welchem Seelenzustand würde Xian sich befinden, wenn er wieder zu sich kam?

史书中描写了很多黄帝的开创性发明，如车、船和黄历，他的夫人嫘祖教会了人们如何从蚕蛹中抽丝织成漂亮的丝绸。

黄帝的力量无人可以匹敌。他的领地西起昆仑，东至东海。当他百年的生命结束后，一条龙将他带回了天上。

这个神秘的地方在中国哲学中被看作是道教的天堂。

没过多久，素贞便又恢复回美丽的人形。但是当她看到僵卧在地的许仙，立刻花容失色。无疑，她可怜的夫君落得如此下场和她的虚脱变形有关。可是，仅仅因为看到白蛇便僵死过去也是不太可能的。一定是邪恶的魔法将他的灵魂占据，令他的意志力如此脆弱，只是瞅了白蛇一眼便奄奄一息。现在，白娘子发现他虽然躺在地上毫无知觉，却也不再有什么生命危险。她立刻意识到，无论是凡间的医药还是她的法力都无法将他从这个诅咒中解救出来。

白素贞猜想，只有一个人是暗施魔法的黑手。尽管她并不知道法海究竟是如何离开西湖湖底的，但毫无疑问是这个邪恶的巫师对她的爱人下了毒手。

她必须尽一切可能来救活许仙。可是，即便他清醒

Doch bis dahin war es noch ein weiter Weg. Sie rannte sogleich hinüber zu ihrer Apotheke, wo sich die Bücher und Folianten mit wissenschaftlichen Abhandlungen über Medizin und Pharmazie befanden. Sie holte eines nach dem anderen aus den Regalen ihrer umfangreichen Bibliothek. Gegen den Fluch, der auf Xian lastete, musste es ein Mittel geben. Nur welches?

Über dem See dämmerte schon der neue Tag, als sie endlich in einem alten Folianten die entscheidende Stelle entdeckte, nach der sie gesucht hatte. Eine Heilpflanze, die nur im Kunlun-Gebirge wuchs, hatte die Kraft, den Bann zu brechen. Bis ins Detail war da beschrieben, wie das Kraut zu behandeln sei und welcher magischen Formeln es bedürfe.

Um keine Zeit zu verlieren, lief sie hinüber zu Xiao Qings Wohnung. Ihre Freundin, die grüne Dame, öffnete verschlafen die Tür, war aber sofort hell wach, als Suzhen anfing, ihr alles zu erzählen, was sich zugetragen hatte. Qing versprach, sich um Xian zu kümmern und dafür zu sorgen, dass er während Suzhens Abwesenheit bestens versorgt würde.

Der Weg war weit nach Kunlun Shan. Suzhen packte rasch ihre Reisebündel, beschwor die Elemente und setze sich auf eine weiße Wolke, der sie befahl, sie nach Westen in die Kunlun-Berge zu bringen.

Trotz kräftiger Ostwinde dauerte es knapp vier Tage, bis die weiße Dame ihr Ziel erreicht hatte. Sie entließ die Wolke in eine Pause, machte aber deutlich, dass ihre Hilfe in wenigen Stunden wieder verfügbar sein müsse. „Wenn ich bis morgen Abend nicht zurück bin, brauchst du nicht auf mich zu warten. Ich werde dann mit einer deiner Schwestern

过来，精神状态又会变成什么样呢？

　　不过现在可没时间想那么远。她立刻跑回药店，那里有各种各样的医药书籍。她一本接着一本地翻阅。一定有解除诅咒的办法，可究竟是什么呢？

　　天光渐亮时，她终于在一本古书里找到了能起死回生的解药。只有昆仑山上的一种灵芝仙草可以化解这一诅咒。书上写得很详细，如何配制这种草药让它发挥神力。

　　为了争取时间，她快步来到小青的房间，她的朋友，那位绿衣女子，睡眼惺忪地打开房门，她听完素贞的一番诉说，立刻睡意全无。小青发誓，在素贞回来前定会尽全力照顾许仙。

　　去昆仑山的路途遥远。素贞立刻打点行囊上了路，她念了口诀，召来一朵白云，向昆仑山飘去。

　　尽管有强劲的东风相助，白娘子还是用了四天四夜才飞到昆仑山。她跳下来，让云朵稍事休整，她想也许几个时辰后还要用到这朵云。"如果到明晚我还没有回来，你就不需等我。我会和你的其他姐妹一同飞回杭州。"

　　灵芝仙草长在离废弃的黄帝玉官不远的地方。数

zurück nach Hangzhou fliegen.“

Die Stelle, an der die gesuchte Heilpflanze wuchs, lag nicht weit unterhalb des verlassenen Jade-Schlosses des Gelben Kaisers. Seit Jahrhunderten hatte kein menschliches Herz in dieser einsamen Gegend geschlagen. Und doch waren die Erinnerungen an die Herrschaft des Ahnherrn aller nachfolgenden Dynastien noch allgegenwärtig. Umgestürzte Statuen, zerbrochene Krüge, zerborstene Waffen – stumme Zeugen eines längst untergegangenen Reiches.

Trotz detaillierter Lagepläne dauerte es gut drei Stunden, bis Suzhen die Stelle erreichte, an der die Kräuter zu finden sein mussten. Sie wusste zwar, dass die Saison für die gesuchte Pflanze sich allmählich zum Ende neigte, das eine oder andere Blättchen musste aber trotz der vielen Wildziegen noch zu finden sein.

Da! Unterhalb des weißen Felsvorsprungs wuchsen hunderte dieser Pflanzen. Eine oder zwei davon hätten Suzhen vollkommen genügt. Aber ganz offensichtlich waren die himmlischen Mächte nicht ohne weiteres bereit, ihr Eigentum freiwillig zur Verfügung zu stellen.

Als Suzhen sich dem Feld näherte, auf dem die Kräuter in Hülle und Fülle wuchsen, vernahm sie aus allen Richtungen kreischende Töne. Bevor sie auch nur ein einziges Blättchen der ersehnten Pflanzen berühren konnte, belagerte ein unüberschaubares Heer grauer Reiher das Gelände – jederzeit bereit, sich auf den Eindringling zu stürzen und ihn zu vernichten.

Gegen diese Übermacht war es, allen magischen Kräften zum Trotz, nicht möglich, auch nur ein einziges Blättchen des benötigten Krautes zu erringen. Suzhen setzte alles auf eine Karte und nutzte sämtliche

百年来人迹罕至。但是对这位祖先的记忆历经数个朝代仍无所不在。残旧的塑像，破损的酒器，还有丢弃的兵器——一切都是这个昔日王国无声的见证。

尽管图纸很详细，素贞还是花了三个小时方才找到仙草生长的地方。她知道，仙草的生长季节就快过去，况且还有许多野山羊，但应该还是能找到一两株的。

找到了！在白色岩石的下面长着上百株仙草。其实一两株就足够用了。当然，天神并不会这么轻易地就将自己的东西拱手相让。

素贞刚刚靠近仙草生长的岩石，四周便传来奇怪的声响。就在她快要摸到梦寐以求的仙草之时，突然飞来数不清的白鹤——谁要是敢碰这仙草，它们可绝不肯放过。

在这种情况下就算是拿一株都是不可能的。素贞只好孤注一掷，她用尽仅存的法力召唤最强有力的山神——南极仙翁。

"是谁惊扰我们的仙山？" 素贞闻声而拜，向仙翁一五一十地述说事情的原委，从西湖湖底一直到端午节的杭州之夜。

verfügbaren magischen Kräfte, um die mächtigsten Gottheiten des Gebirges herbei zu rufen.

„Wer wagt es, die tiefe Stille unserer Bergwelt zu stören?" Suzhen erzählte den Gottheiten die ganze bewegende Geschichte vom Grund des Westsees bis zu den dramatischen Begebenheiten am Abend des Hangzouer Drachenbootfestes.

Gerührt von Suzhens dramatischer Erzählung befahlen die Gottheiten ihren Wächtern, den Graureihern, sofort einen Korb mit den benötigten Blättern zu füllen.

In aller Freundschaft verabschiedete sich die weiße Dame von den göttlichen Mächten der Berge, setzte sich auf dieselbe Wolke, die sie noch vor wenigen Stunden hierher gebracht hatte, und machte sich auf den Weg zurück nach Osten, zum geliebten Westsee, um ihren Xian aus der magischen Starre zu befreien.

山神为素贞的真情所打动，命令那些白鹤给素贞衔得一篮子仙草。

　　白娘子向仙翁拜谢道别，乘上先前那片云朵回转东方，飘向着她所钟爱的西湖，去解救人事不省的许仙。

Das Erwachen

China ist das Land der Klänge und der Musikkunst. Zu den ältesten Instrumenten zur Erzeugung von künstlichen Tönen zählen die Glocken. Vor gut 4000 Jahren, wurde in China die erste Glocke gegossen. Bereits in der Shang-Dynastie im 16. vorchristlichen Jahrhundert waren Glockenspiele als frühe Form musikalischer Tonkunst bekannt.

Mit der Verbreitung des Buddhismus spielten Glocken und Trommeln in zunehmendem Umfang auch im rituellen Bereich eine wichtige Rolle. Das berühmteste historische Glockenspiel befindet sich heute im Provinzmuseum von Hubei in der Stadt Wuhan. Im Jahr 433 vor Christus, es war die Zeit der streitenden Reiche, ließ König Hui aus dem Chu-Reich einen dreireihigen Glockensatz anfertigen, der aus insgesamt 64 einzelnen Glocken bestand: 19 in der ersten Reihe, 45 in den dahinter liegenden Reihen. Es war ein Geschenk für den Markgrafen Yi aus Suizhou, der Hauptstadt des Staates Zeng und wurde diesem noch im selben Jahr anlässlich eines Staatsbesuchs übergeben.

Glocken hört man auch von den Höhen des Nanping-Hügels, wenn in der Abenddämmerung im Jingci-Tempel zum Gebet gerufen wird. Die Nanping-Glocke gehört zu den besonderen Sehenswürdigkeiten von Hangzhou. Eine Weihe und Andacht erfüllt die Landschaft, wenn ihr Klang beim Schein der untergehenden Sonne über dem Westsee erklingt.

Der Klang der Nanping-Glocke war gerade verhallt, als Bai Suzhen auf ihrer Wolke auf das nächtliche Hangzhou herunter schwebte.

苏醒

　　中国是音律和音乐艺术之国。最古老的乐器当属钟。早在约4000年前，中国人就已发明了古钟。到公元前16世纪的商代，以钟奏乐已相当普遍。

Sui-Xian Glocken
编钟

　　随着佛教的推广，钟和鼓在宗教仪式上发挥着越来越重要的作用。在位于武汉的湖北省博物馆里，有着最为著名的编钟表演。早在战国时代，公元前433年，楚惠王下令建造由64个独立的钟组成的三排式编钟：第一排19个，后面两排共45个。它其实是楚惠王拜访曾国都城随州时送给曾侯乙的礼物。

　　每当傍晚时分，南屏山净慈寺在做礼拜之时也会敲

In ihrer Hand hielt sie den Korb mit den Kräutern von Kunlun Shan.

„Wie gut, dass du endlich kommst. Sein Zustand hat sich seit deiner Abreise überhaupt nicht verändert", rief Xiao Qing ihr entgegen, als sie ihre Freundin in der Tür erblickte. „Wie ich sehe, warst du erfolgreich." Sie nahm ihr den Korb aus der Hand und umarmte Sie.

„Lass uns gleich ans Werk gehen", sagte Suzhen mit zitternder Stimme.

Der Tee, den sie aus dem Gebirgskraut zubereitete und mit einem mächtigen Zauber belegte, sollte Xian sein Leben und sein Bewusstsein zurück geben. In welchem Seelenzustand er sich beim Erwachen aus dem Koma befinden würde, war jedoch im Voraus nicht abzusehen.

Und wirklich – eine kleine Tasse des Tranks genügte, und Xian öffnete seine Augen. Er blickte verwirrt, verstört und mit großen Augen um sich. „Wo bin ich? Was ist geschehen? Oh…" Beim Anblick Suzhens sah er unwillkürlich wieder die weiße Schlange vor sich. Es bedurfte großer Anstrengungen der beiden Damen, bis er sich einigermaßen beruhigt hatte.

„Ich denke, es ist an der Zeit, dass ich dir die ganze Wahrheit über mich und meine Geschichte erzähle", sagte Suzhen in betont ruhigem Ton. „Nur so kannst du deine Furcht überwinden und wieder zu mir finden. Bitte glaub mir, dass ich dich über alles in der Welt liebe und immer lieben werde."

So sprach die weiße Dame über die Zeit, die sie als weiße Schlange am Grunde des Westsees verbracht hatte. Sie erzählte von ihrer Freundschaft

钟。南屏晚钟是杭州的著名景点之一。日暮时刻，西湖上钟声回响，空气中弥漫的便满是祝福与祈祷的气息。

当白素贞驾着祥云回到杭州之时，南屏寺的钟声还余音袅袅。

她手里拎着从昆仑山带回的一篮仙草。"你终于回来了，太好了！自你走后，他的情况没有任何好转。"小青从门缝中一看到她的朋友，便冲着她喊了起来。"看来，你果然找到了仙草。"她从素贞手中接过篮子，二人紧紧相拥。

"我们赶快开始吧！"素贞的声音有些颤抖。

用仙草和法术煮出的茶应当可以救许仙的命，让他恢复神智。只是没人知道，苏醒过来的他精神状态将会怎样。

实际上，只消一盏茶的药量就已足够，许仙慢慢地苏醒过来，他睁大眼睛迷惑地看着周围的一切。"我这是在哪里？发生了什么事情？哦……" 当视线停在白素贞身上的时候，他眼前不禁又浮现出那条白蛇。素贞和小青颇费了一番周折才让他平静下来。

"我想，是时候向你讲真话，告诉你我的故事了，"素贞的语气十分平静，"只有这样，你才能战胜

mit Qing, von dem Wunsch, in menschlicher Gestalt unter Menschen leben zu können, von dem Jiao Zi, dem Kampf gegen die Schildkröte und von ihrer Verwandlung in eine weiße Frau.

Es war schwer einzuschätzen, wie viel Xian von dem, was Suzhen in großer Eindringlichkeit erzählte, wirklich begriff. Sein Blick wirkte lange Zeit verstört und äußerst verwirrt, bis er sich schließlich zurück lehnte, die Augen schloss und in einen unruhigen Schlaf fiel.

Angestrengt von der langen Reise nach Kunlun Shan und den großen Strapazen, verspürte auch Suzhen eine große Müdigkeit. An der Seite ihrer Freundin Qing, die längst an ihrer Schulter eingeschlummert war, musste auch sie sich nun endlich ein wenig Schlaf gönnen.

War es der Ruf des Kauzes im Park, oder weckte ihn eine andere Stimme? Ohne, dass die beiden schlafenden Freundinnen etwas davon bemerkten, erhob sich Xu Xian wie schlafwandelnd von seinem Sessel, trank einen Schluck von dem übrig gebliebenen Tee, den Suzhen für ihn zubereitet hatte und verließ das Haus, ohne Schuhe und mit halb geöffnetem Hemd.

Eine unsichtbare Hand schien ihn zu leiten, ohne dass er dies wahr nahm. Sie führte ihn direkt zum Jinshan-Kloster, wo der falsche Mönche Fa Hai bereits auf ihn wartete. Kaum hatte Xian das Innere des Klostergemäuers betreten, ließ Fa Hai die Gittertür hinter ihm zufallen.

Es war ein teuflischer Plan, den Fa Hai sich ausgedacht hatte. Er hatte Xu Xian mit einem Zauber belegt, um ihn zugleich als Geisel und Lockvogel in sein Kloster zu entführen. Es konnte gewiss nicht lange

恐惧重新回到我的身边。请相信我，你是我在这个世界上所拥有的全部，我只爱你一个人。"

于是，白娘子从她还是西湖水下一条蛇的时候开始说起。她讲到和小青的友情，讲到对人类生活的憧憬，还有那只饺子，和乌龟的争斗以及变成白娘子的经过。

很难想象素贞这一股脑的讲述，许仙到底能明白多少。他的眼神一直很困惑，到了后来他的眼睛实在睁不开了，在不安中昏昏睡去。

昆仑之行令素贞疲惫不堪，而小青已伏在她的肩膀上睡着，她也确实需要歇息一下了。

不知是园子里的兽鸣还是其他的声音，将许仙惊醒。他梦游般地从椅子上站起，没有打扰两个正在熟睡的女人，喝了一口素贞为他煮的茶，连鞋也顾不上穿，半敞着衣裳就出了家门。

一只看不见的手在牵引着他，他却对此丝毫没有察觉。这只手把他直接引到金山寺，那个邪恶的和尚法海正在寺里候着他。许仙刚刚踏进寺门，法海便赶紧将大门紧闭。

这是法海想出的一个阴险的诡计。他让许仙中了

dauern, bis die weiße Frau vor seinem Kloster erscheinen würde. Er wusste, dass die Geburt ihres Kindes unmittelbar bevor stand. Diese Schwäche galt es, ohne Zeit zu verlieren, gnadenlos zu nutzen.

Kaum war die schwere Klostertür knarrend in ihr Schloss gefallen, wich auch schon all der böse Zauber. Xian rieb sich die Augen und versuchte, sich zu orientieren. „Wo bin ich? Was hat mich hier her geführt?"

Fa Hai grinste nur hämisch. „Du bist in meiner Hand. Für immer! Keiner Macht der Erde wird es gelingen, dich mir zu entreißen. Durch dich werde ich auch die garstige Hexe Bai Suzhen in meine Gewalt bekommen. Glaub mir, ich werde Sie vernichten!", zischte der falsche Mönch durch seine hässlichen, gelben Zähne.

Wieder ganz im Besitz seiner geistigen Kräfte, erkannte er, dass er das Opfer dämonischer Mächte geworden war. Seine Frau Suzhen war eine Göttin. Oder war sie eine Schlange? Was war sie wirklich? War das von Bedeutung? Er liebte die ebenso zärtliche wie schöne Frau sehr und er war sich ihrer unteilbaren Liebe sicher – das zählte, und sonst nichts.

Nach und nach kam die Erinnerung zurück. Auch Suzhens Worte nach dem Erwachen aus der Bewusstlosigkeit, ihr Geständnis, ihr Bericht von der Reise in das Kunlun-Gebirge, alles erschien klar und lebendig vor seinem inneren Auge. Nein, das war nicht sein wirkliches Ich, das seine Frau Suzhen dazu überredet hatte, Reiswein zu trinken. Tränen traten in seine Augen…

Xian saß in der Falle. Seine schlimmste Sorge war es, dass Suzhen

魔法，以便把他作为人质关在寺里，这样不久之后白娘子就会寻到寺里来。他也知道，他们的孩子很快就要出生。他要好好利用素贞法力减弱这个良机。

当大门吱吱嘎嘎关上的时候，施在他身上的咒语也随之消除。许仙揉揉眼睛试图辨清方向："我在哪里？是谁把我带到这里？"

法海奸笑道："你现在可逃不出我的手心了！这个世上没人能把你救出去！有了你，我就可以打败那个丑陋的妖精白素贞。你放心，我一定会除掉她的！"法海龇着他那难看的大黄牙怪叫着。

许仙已经完全恢复了神志，他马上意识到，自己成了魔鬼的牺牲品。他的妻子素贞就是一个仙女，或者，她本是一条蛇精？她究竟是什么呢？问这些有意义吗？他是如此爱她，一个温柔与美丽兼具的女人，他坚信他们不渝的爱情——这是最重要的，其他都微不足道。

渐渐地，记忆越发清晰。在他苏醒之后素贞所诉说的身世故事和昆仑之行，突然变得明晰和鲜活起来。骗自己的娘子喝雄黄酒的那个人并不是真正的自己。泪水从他的眼睛夺眶而出……

许仙呆在地牢里。他最担心的是素贞因为他而落入魔掌。"我必须仔细观察他日常习惯的每个细节。任何

durch ihn in die Gewalt des Bösewichts gelangen würde. „Ich muss jede Einzelheit seiner Lebensgewohnheiten studieren. Jedes Wesen hat eine Schwachstelle, auch ein Bösewicht wie Fa Hai. Es muss einen Weg aus diesem Gefängnis geben." Xu Xian hatte sich wieder vollständig unter Kontrolle. „Das muss er aber nicht unbedingt wissen", dachte Xian. Er fasste den Entschluss, sich in den Augen seines Entführers möglichst naiv und wirklichkeitsfremd zu zeigen, ihn dadurch in Sicherheit zu wiegen und nach einer günstigen Gelegenheit zu suchen, durch seine Maschen zu schlüpfen und seiner Macht zu entkommen. Gewiss, er würde einen Weg in die Freiheit finden …

生物都有它的弱点，即使邪恶如法海。肯定有一条能够逃离牢狱的生路。" 许仙现在已经彻底恢复如常。"但这绝对不能让法海知道，"许仙暗下决心，在那个和尚面前尽可能装得幼稚和糊涂，这样才能让他放松警惕，使自己有机会逃走。他一定能找到这样的机会……

Der Kampf

„Jingju", so heißt die Pekingoper auf Chinesisch. Chinesische Oper gehört zu den ältesten komplexen Kunstformen der Erde. Die Pekingoper ist ein in ganz China verbreitetes Musikdrama, das mit Mitteln des Gesangs, des Tanzes, der Pantomime und der Kampfkunst wahre Begebenheiten, Epen und Legenden aus der langen Geschichte des Landes darstellt. Auch wer die Sprache nicht versteht, wird von der einzigartigen Gesangstechnik, den faszinierenden Gesichtsmasken, der Akrobatik und den schönen Kostümen begeistert sein.

Nicht weit entfernt vom Westsee, in Shaoxing, findet man ein sehr berühmtes Opernhaus. Im Herzen der Altstadt, direkt an einem der idyllischen Wasserwege gelegen, werden die großen Mythen des Landes, aber auch regionale Dramen aufgeführt.

Eines der großen Dramen der Shaoxing-Oper ist die dramatische Geschichte der weißen Schlange aus dem Westsee. Sie wird auch in anderen Opernhäusern Chinas in oft sehr unterschiedlichen Variationen aufgeführt und gehört zu den drei bedeutendsten epischen Liebeserzählungen der chinesischen Nation.

Die kunstvoll auf die Gesichter der Künstler aufgemalten Masken wirken im Zusammenspiel mit mimischen Ausdrucksformen besonders lebendig. Hoch stilisierte und überaus grazile Bewegungen und Gesten, von zarten musikalischen Klängen begleitet, stehen in kontinuierlichem Wechsel mit akrobatisch beeindruckenden Kampfszenen. Kampf und Krieg stehen oft im Mittelpunkt der Handlungen. Waffen aller Art wie Schild, Schwert, Speer oder Hammer gehören zu den wichtigsten Requisiten vieler Aufführungen. Ebenso, wie bei der Eröffnung einer

斗法

　　京剧在汉语里被称作"*Jingju*"。中国的戏曲是世界上最古老的自成体系的艺术形式之一。京剧在全国广为传唱，它以唱、念、做、打等形式，表现这个国家历史长河中的真实事件、史诗和传说。即使你听不懂，那也不要紧，你还是会被它独特的唱腔、迷人的脸谱、精彩的特技和美丽的服饰所深深吸引。

Pekingoper:
Die weiße Schlange
京剧：白蛇传

　　距西湖不远，在绍兴城里有一座著名的戏院。它位于老城的中心，一条拥有田园风光的河道上。这里既上演在全国广为传诵的传奇大戏，也会有一些精致的地方戏曲表演。

　　在绍兴剧里，最著名的就数西湖上的传说《白蛇

Oper werden Szenen des Kriegs und kämpferischer Auseinandersetzung mit lautstarken, rhythmischen Trommel- und Perkussionsklängen begleitet.

Der Morgen dämmerte bereits. „Er ist weg!" Bai Suzhen ahnte Böses beim Anblick des leeren Lehnsessels. Sie blickte vor die Tür und in alle Räume des Hauses. Wie konnte sie ihren Xian nur so lange in seinem verwirrten Zustand unbeobachtet lassen? Sie schüttelte Xiao Qing, die immer noch friedlich schlief.

„Wach auf, Qing! Xian ist fort!" Sie konnte sich kaum fassen. „Es ist allein meine Schuld. Wie konnte ich nur so lange schlafen? Xian war doch noch gar nicht richtig bei Sinnen."

„Nein, du solltest dir keinen Vorwurf machen – nach so einer langen Reise und in deinem Zustand", versuchte Qing die Freundin zu beruhigen. Wir müssen versuchen, ihn zu finden. Das dürfte eigentlich nicht allzu schwer sein. Ich fürchte nur, dass er sich in einer gefährlichen Lage befinden könnte."

„Ja, du hast Recht.", erwiderte Suzhen. „Es hat keinen Sinn, die Zeit mit Selbstvorwürfen zu verschwenden, während mein armer Xian sich in Gefahr befinden könnte." Sie trank nur rasch eine Tasse voll Wasser, wickelte einen langen, dünnen Seidenschal um ihren Hals und trat zur Tür. „Ich muss los, liebe Qing. Es ist keine Zeit zu verlieren. Ich werde versuchen, mit Xians Gedanken Kontakt aufzunehmen. Das wird mich zu Ihm führen. Ich fühle, dass er in großer Gefahr ist. Leb wohl."

„Nein Suzhen, ich lasse dich ganz gewiss nicht allein ziehen. Auf

传》了。这个故事在中国的其他剧种里有着不同的版本，属于中国四大爱情传说之一。

Der Shaoxing-Oper
绍兴剧

演员充满艺术气息的脸谱造型和精湛的表演技艺使得整个故事生动感人。美妙的音乐伴随着风格独具的优美动作，令人眼花缭乱的杂耍般的武打穿插其中。打斗的场面往往是剧情的高潮。各式各样的兵器，诸如盾牌、刀剑、长矛和大锤等等是大部分表演所必要的行头。像很多开场那样，战争和打斗的场面往往伴随着锣鼓一类的打击乐器所发出的响亮的、节奏感强烈的乐声。

已是清晨。"他不见了！" 白素贞恼怒地看着空空的椅子。她打量了房门和屋里的一切。怎么能看不住神志不清的许仙呢？素贞使劲摇着还在熟睡的小青。

"快醒醒，小青，许仙不见了！"她简直不敢相信，"都是我的错。我怎么能睡这么长时间？许仙还没

keinen Fall! Es ist sehr gut möglich, dass du meine Hilfe noch gebrauchen wirst."

Suzhen lächelte, als Qing sie bei der Hand nahm und mit ihr das Haus verließ. „Lass uns gehen."

So machten sich die weiße und die grüne Dame auf die Suche nach Xu Xian, Suzhens verschwundenem Mann.

Es dauerte auch in der Tat nicht lange, bis Suzhen den ganzen Weg bis zum Jinshan-Kloster vollständig vor sich sah und sogar schon den gefangenen Xian vor ihrem inneren Auge erblickte. „Er sitzt im Jinshan-Kloster fest. Er kann das Kloster nicht verlassen. Ich kann zwar aber noch nicht direkt erkennen, wer oder was ihn dort gefangen hält, es gibt für mich aber überhaupt keinen Zweifel, wer hinter all dem steckt …"

Vorbei an den letzten Häusern der Stadt, über feuchte Wiesen und durch luftige Bambushaine gelangten die beiden Damen nach ein paar Stunden angestrengtem Fußmarsch auf einen schmalen, steinigen Pfad, an dessen Ende man in der Ferne einen Berg mit einem Kloster auf dem Gipfel erblicken konnte. „Dort muss er sich aufhalten. Lass uns schneller gehen." Suzhen beschleunigte ihren Schritt und zog Xiao Qing mit sich.

Eine eigenartige, ja gespenstische Stille herrschte um das Jinshan-Kloster. Suzhen hob den schweren, eisernen Ring und ließ ihn gegen das alte Holztor fallen.

Nichts rührte sich. Suzhen klopfte erneut an. Kein Laut unterbrach

完全恢复过来呢。"

"你莫要再责怪自己——你路途遥远，太过劳累，"小青试着安慰自己的朋友，"我们必须找到他。这应该不太难。我只是担心他现在处境不妙。"

"是啊，"素贞答道，"怎么能在这危急时刻光顾着自责呢，也许我的许仙正在危难之中。"她喝了一大碗水，裹上头巾奔出门去。"我得走了，亲爱的小青。没时间了，我必须试着通过意念找到他。我能感觉到他处境危险。再见。"

"别，素贞，我不会让你一个人去的，决不！你需要我的帮助。"

当小青拉住她手的时候，素贞会心一笑，两人一齐离开了家，"我们走！"

于是，两位女子踏上了寻找素贞夫君的征途。

事实上，没花多长时间素贞便找到了去金山寺的路，而且还用意念感知到许仙被囚禁起来。"他被关在金山寺里，没法逃出来。虽然我不能直接感觉出到底是谁捉住了他，但毫无疑问，我能猜出这都是那个人的阴谋诡计……"

远离城边最后一幢房屋，踏过潮湿的草地，穿过清新的竹林，好一阵儿过后，两位女子来到一条狭窄的石

die tiefe Stille.

„Du hast dich wohl nicht allein hierher getraut", krächzte es plötzlich von dem gegenüber liegenden Felsvorsprung. Fa Hai hatte die Besucher erwartet und dafür die Nacht im Freien verbracht.

Xiao Qing erschrak. So eine hässliche Fratze hatte sie noch nie in ihrem Leben gesehen. Sie spürte, dass sie keinen wirklichen Menschen vor sich hatte – im Gegensatz zu Suzhen erkannte sie aber nicht sofort, dass sich hinter der Missgeburt, die sich dort oben vor ihnen aufbaute, in Wahrheit Fa Hai, die neidische Schildkröte vom Westsee verbarg.

„Meine Stunde ist gekommen. Xu Xian ist in meiner Macht. Niemals wirst Du ihn lebend wieder sehen. Nun wirst du dafür bezahlen, dass du mich damals im See um mein Vorrecht auf die magische Teigtasche betrogen hast." Fa Hai schickte einen gewaltigen Blitz. Hätte Suzhen ihre Freundin Qing nicht geistesgegenwärtig mit sich auf den Boden gerissen, wäre sie ganz sicher von der Brücke in die Tiefe gestürzt.

Das war der Krieg. Geistesgegenwärtig schickte Suzhen einen so mächtigen Wind gegen die Felswand, dass ihr Gegner sich nur mit großer Anstrengung auf dem Felsen halten konnte. Während er einen Blitz nach den anderen gegen Suzhen schickte, beschwor diese die Mächte des Wassers. Eine gewaltige Flutwelle näherte sich den falschen Mönch. Heere von Seeungeheuern stürzten sich auf ihn. Geschickt konnte er jedoch immer wieder ausweichen und sich auf dem Felsvorsprung halten. Auch er, Fa Hai hatte seine Verbündeten im See und wusste, wie man einen Gegner mit gewaltigen Flutwellen vernichten konnte. So musste auch Suzhen ein ums andere Mal den Wassermassen und Blitzen Fa Hais ausweichen.

径。走到石径尽头，便可看到山头的寺庙。"他应该就是被关在那里。我们再快一点。" 素贞拉着小青加快了步伐。

一股特殊的邪气笼罩着金山寺。素贞叩响了沉重的门环。

什么动静都没有。素贞再次叩门，但是除了寂静，寺里全无回应。

"你果然不敢一个人来这里。"对面的岩石后突然传来嘶哑的声音。法海已经在这里等了一晚上了。

小青一惊。她这辈子还没见过如此丑陋的脸。她觉得对面的那个根本不是人——和素贞不同，她并没有认出这个家伙就是当年西湖水底里那只嫉妒成性的乌龟法海。

"这一天终于来了。许仙此刻在我手里，你是不可能活着见到他了。现在你得为当年抢走我的饺子付出代价。"法海放出一道硕大的闪电。要不是小青及时把素贞拉到地上，她一定会被击到桥下。

双方展开了一番较量。素贞冲着对面的山崖唤起一阵狂风。法海倾尽全力才得以站稳。当他又向素贞劈出一道闪电的时候，素贞已经开始召唤西湖的波浪，掀起巨大的洪水冲着这个坏和尚淹了过去，而且一浪接着一浪，但每次都被他狡猾地躲过。法海也有很多江河的同

Auch Xiao Qing versuchte, Suzhen mit ihren eher bescheidenen magischen Kräften so gut es ging zur Seite zu stehen. Es gelang ihr, sich auf die Rückseite der Felsens durchzuschlagen, von dem aus Fa Hai weiterhin seine Angriffe mobilisierte. So musste der böse Abt sich nun nach zwei Seiten hin verteidigen.

Zunächst hatte es durchaus den Anschein, als könne er sich nicht mehr allzu lange halten. Flutwelle auf Flutwelle bedrängten ihn von zwei Richtungen und es bedurfte seiner ganzen Aufmerksamkeit, sich auf den Beinen zu halten und gleichzeitig einen Gegenangriff nach dem anderen zu versuchen.

Als die Sonne sich ihrem höchsten Punkt näherte, war der erbitterte Kampf noch immer in vollem Gange. Entsetzt und furchtsam blickten die Mönche aus den Fensterluken ihres Klosters, ohne zu begreifen, was für ein Drama sich da draußen vor ihrer Klostertür abspielte. Suzhen hatte mittlerweile erkannt, dass sich auf diesem Wege keine Entscheidung herbei führen ließe. Zugleich fühlte sie ihre Kräfte allmählich schwinden. Die stundenlange Schlacht und die in wenigen Tagen bevorstehende Geburt forderten ihren Tribut. Sie gab Xiao Qing zu verstehen, dass sie wohl dem Druck der gegnerischen Angriffe nicht mehr lange würde standhalten konnte.

Qing begriff sofort. Während sie sich wieder auf Suzhens Seite zurück kämpfte, führte sie die Angriffe gegen Fa Hais Felsen mit doppelter Kraft. Sie schickte eine Flutwelle nach der anderen. Es gelang ihr, die Freundin an der Hand zu fassen und blitzschnell aus den Bannkreis des Mönchs zu befreien.

Die Rettung kam buchstäblich in letzter Minute. Bai Suzhen konnte

盟者，他晓得如何用浪涛灭掉对手。所以素贞不得不一次又一次地抵挡法海发来的洪水和闪电。

小青也用她单薄的法力来帮助素贞。她试着从山崖的背面向法海进攻。这招数很管用，法海腹背受敌。

法海似乎已经招架不住，从两个方向涌过来一波接着一波的洪水。他必须集中精力才能站稳，同时还要进行反攻。

已经快到正午时分，激战还在继续。院里的和尚透过窗子惊慌地看着这一切，他们不知道寺庙前到底发生了什么。素贞也逐渐明白，这样下去分不出胜负，同时她觉得自己的法力越来越弱。长时间的酣战和即将出生的孩子十分消耗她的体力，她示意小青，自己不能再继续打下去了。

小青立刻会意。她使出双倍的力量向法海发起进攻。她掀起阵阵的洪水，这样她便可以抓住朋友的手带她逃开法海的攻势。

几乎是在最后一刻她们终于获救了。素贞已经无力站起身来。要不是一位好心的农夫用车把她俩带回家，谁都不知道将会发生什么。

带着失败后的绝望以及深深的羞耻，素贞将身体倚靠在小青身旁。"我们必须救许仙出来！可我不知道该怎么办，谁知道这个坏和尚还会对我的夫君施什么法术，

sich kaum noch auf den Beinen halten. Wer weiß, was noch hätte geschehen können, wenn nicht ein freundlicher Bauer ein Erbarmen mit den Beiden gehabt und diese mit seinem Karren nach Hause gebracht hätte.

Besiegt, verzweifelt und tief beschämt über die Schmach lehnte sich Suzhen an ihre Freundin. „Wir müssen ihn befreien! Wenn ich nur wüsste, wie. Wer weiß, mit welchem Zauber der entsetzliche Schildkröten-Mönch meinen armen Mann noch belegen kann. Wir müssen so bald wie möglich einen weiteren Versuch starten. Zuvor habe ich aber noch etwas Wichtiges zu Ende zu führen. Unser Kind wird im wenigen Wochen zur Welt kommen. Ich darf es nicht in Gefahr bringen…

咱们得尽快想出办法。不过，在此之前我还要办一件重
要的事情，再过几周我们的孩子就要出世了。我不能让
他有任何危险……"

Das Mondfest

„Zhongqiu Jie" heißt auf Deutsch „Mittherbstfest". Es wird nach dem chinesischen Mondkalender am 15. Tag des achten Mondmonats begangen, denn an diesem Tag ist der Mond am vollsten. Schon seit der frühen Tang-Zeit verehrten die chinesischen Kaiser die Himmelsmächte: Im Frühling huldigten Sie der Sonne, während man im Herbst dem Mond mit Opfergaben seine Referenz erwies. Der alte Brauch, dem Mond am Mittherbstfest Opfer zu bringen, hat sich bis in die heutige Zeit erhalten. Dabei hat sich auch der Begriff Mondfest oder „Yue-Liang-Jie" als der häufiger verwendete Name für diesen Tag durchgesetzt. Das Mondfest ist neben dem Frühlingsfest und dem Drachenbootfest eines der drei großen Feste des Landes. Die meisten Menschen nutzen den Feiertag zum Beisammensein in der Familie, die in China auch heute noch einen wesentlich höheren Stellenwert einnimmt, als in westlichen Ländern.

Wer möchte, kann sich beim Mondfest aber auch auf einem der vielen öffentlichen Veranstaltungen vergnügen, bei denen, abhängig von der Region, Laternen- und Blumenausstellungen, Akrobatik, Drachentanz und andere Attraktionen geboten werden.

In ganz China isst man am Mondfest die beliebten Mondkuchen. Das sind kleine, vollmondförmige Gebäckstückchen mit Füllung, die ursprünglich als Opfergabe für die Mächte des Himmels zubereitet worden sind. Je nach Region können Mondkuchen herzhaft-knusprig bis klebrig-süß schmecken und auch die Art der Füllung reicht von Dattelpasten, grünem Tee und Bohnenbrei bis hin zu Eigelb und Schweinefleisch.

中秋节

　　"*Zhongqiu Jie*"的德语直译是"秋天中间的节日"。它是中国阴历第八个月份的第十五天，月亮在这一天正值满月。早在唐朝初年，皇帝就有春天祭日、秋天祭月的祭天礼制。在中秋节向月亮献祭的这个习俗一直保留到现在。所以这一天也往往被称作"月亮节"。中秋节、春节还有端午节一并构成中国的三大传统节日，人们在这一天要举家团圆，这种家庭的理念要比西方国家深入得多。

Mondkuchen
月饼

Die Sagen und Legenden, die sich um den Ursprung des Festes ranken, sind Ausdruck kultureller Vielfalt und schönster Poesie der Menschen im Reich der Mitte.

Die bekannteste Geschichte erzählt vom Schicksal der Mondgöttin Chang'e, einer Nichte des Himmelsgottes. Unsterblich war auch ihr Mann Houyi, ein kühner Kriegsgott, dessen Pfeile niemals ihr Ziel verfehlten.

Damals, in den frühen Tagen der Menschheitsgeschichte, befand sich die Erde in einem entsetzlichen Zustand und war kaum noch bewohnbar. Überall trieben wilde Tiere und giftige Schlangen ihr Unwesen und terrorisierten die Bewohner. Die Lage war so bedrohlich, dass der Himmelsgott beschloss, seinen besten Bogen-Schafschützen Houyi auf die Erde zu entsenden, um dort wieder für Ruhe und Frieden zu sorgen.

Houyi war entsetzt, als er zusammen mit seiner Frau Chang'e eintraf. Es war schlimmer, als er es sich in seinen schlimmsten Fantasien vorgestellt hatte. Überall lagen tote Körper von Menschen und Tieren herum und kaum hatten die beiden Gottheiten festen Grund unter den Füßen, wurden sie auch schon von einer übergroßen olivgrünen Echse attackiert, die bedrohlich mit ihrem giftigen Schwanz um sich schlug. Ohne zu zögern griff Houyi zu seinem Bogen, nahm einen Pfeil aus dem großen Köcher und tötete das Ungetüm durch einen gezielten Schuss mitten ins Herz.

Es dauerte nicht lange und Houyi hatte die Lage auf der Erde unter völliger Kontrolle. Schon wollte er seine Mission beenden, da erschienen am Himmel zehn Sonnen zur gleichen Zeit. Sie waren in

中秋这一天还会举办很多活动，依地区的不同，有灯笼展、花展、杂技、舞龙以及其他吸引人的节目。

全国的人们在这一天都要吃月饼。这是一种满月形状的、带馅儿的小点心，最早是古时候人们向上天祭祀的贡品。有的地方月饼酥脆，有的地方则比较绵软，馅儿也不一样，有枣泥、绿茶和豆沙，还有蛋黄甚至猪肉的。

关于中秋节的由来有许许多多的民谣和传说，它们充分表现了中国文化的多元性以及中国人民充满诗意的性格。

其中最著名的要数嫦娥奔月的故事。嫦娥本是玉帝的外甥女，而她的丈夫后羿也是一个有着不死之身的天神，一个常胜将军，箭无虚发。

在远古之初，大地还是一片蛮荒的状态，到处都是野兽和毒蛇，威胁着初民的安全。于是玉帝决定让他最好的弓箭手后羿来到人间，为人类带来安宁的生活。

当后羿和嫦娥来到人间的时候，他们被眼前的景象惊呆了。这比他们想象中的情形还要恐怖。到处都是人与动物的尸体，这两位天神甚至还未落脚站稳，一只绿色的大蜥蜴便突然用它那剧毒的尾巴向他们发起攻击。后羿毫不犹豫地抓起他的弓，从箭袋里抽出一支箭，一箭射中那只怪物的心脏。

Wirklichkeit Söhne des Himmelskönigs, die aus reinem Zeitvertreib und jugendlichem Übermut der Erde einmal so richtig „einheizen" wollten. Auf der Erde entwickelte sich eine unerträgliche Hitze. Alle Pflanzen vertrockneten, Wälder und Getreidefelder gingen in Flammen auf, Menschen und Tiere starben in Massen an Austrocknung und Überhitzung.

Als Houyi dies sah, versuchte er, vermittelnd auf die Himmelssöhne einzuwirken, damit diese von ihrem bösen Spiel abließen. Erst als es offensichtlich wurde, dass bei diesen kein Einsehen zu erreichen war, griff er aus Mitleid mit den gequälten Kreaturen zu seinem Bogen und schoss neun Pfeile nacheinander in den Himmel. Eine Sonne nach der anderen erlosch und verschwand vom Himmelsbogen. Erst als die letzte Sonne sich ergab und sich schuldig bekannte, stellt der Schütze sein Feuer ein.

Wütend über den Frevel an seinen Söhnen verhängte der Himmelskönig daraufhin einen Bann über die beiden Gottheiten Houyi und Chang'e und versagte ihnen für alle Ewigkeit den Zugang zur himmlischen Pforte. „Wer das Leben auf der Erde über die Söhne des Himmels stellt, hat es nicht verdient, unter Meinesgleichen zu leben", brüllte er, außer sich vor Empörung. „Auf Ewig verbanne ich dich zum irdischen Leben!"

Zunächst schienen den Beiden die schönen Tage auf dem zu neuem Leben erwachenden Planeten durchaus zu schätzen. Schon bald jedoch begann Chang'e die göttlichen Freunde und den überirdischen Wohlstand zu vermissen. Das Heimweh nach der himmlischen Welt quälte ihr Herz so sehr, dass sie ihren Mann immer häufiger mit schweren Vorwürfen überschüttete. War es doch seine Schuld, dass

没用多长时间，后羿就让人间恢复了秩序。当他就要完成任务的时候，天上又同时出现了十个太阳。它们实际上是玉帝的儿子，纯粹出于消遣和青年人的精力过剩想让大地一次"热"个够。大地因此酷暑难耐。所有的植物都枯死了，森林和田地也燃起了熊熊大火，大量的人和动物都死于干渴和炎热。

后羿看到这些后，曾试图说服十个太阳停止这个可怕的游戏。但他发现这一切都是徒劳，出于对受难生灵的怜悯，他张弓搭箭，向天上一连射了九箭，直到最后一个太阳终于认错的时候，后羿才罢休。

玉帝知道后暴跳如雷，强加给后羿和嫦娥以罪名，拒绝为他们打开通往永生的大门。"谁伤害了我的儿子便不配和我一起生活，"他愤怒地吼叫道，"我要罚你们永远呆在凡间。"

起初，万物开始复苏，对这两个人来说似乎生活还算美好。但不久之后，嫦娥便开始怀念起天上的朋友和天庭奢侈的生活。对天庭的思念折磨着她，所以她经常埋怨丈夫，完全是因为他的错，才使得自己被放逐凡间，忍受这悲惨的生活。

后羿十分疼爱嫦娥。他对妻子的心痛感到内疚，于是便开始寻找返回上天的法子。经过数周毫无结果的搜寻后，他遇到了一位老人，给他讲起了西王母的事情。这位王母娘娘住在昆仑山，法力无边，对草药十分熟悉。"听说王母发明了一种草药，吃下去便可成仙。"

sie hier in der Verbannung so ein trostloses Dasein fristen mussten.

Houyi liebte seine Chang'e sehr. Er fühlte sich schuldig für die seelischen Leiden seiner Frau und begann damit, nach Möglichkeiten zu suchen, den Bann zu überwinden und in den Himmel zurück zu kehren. Nach wochenlanger, erfolgloser Suche traf er einen alten Mann, der ihm von der Göttin Xi Wangmu, erzählte. Sie lebe im Kunlun-Gebirge und verfüge über große Zauberkraft und umfangreiche medizinische Kenntnisse. „Man sagt, sie habe ein Medikament entwickelt, mit dem man bis in den Himmel aufsteigen kann", flüsterte der alte Mann.

Houyi zögerte nicht: Zu Fuß machte er sich auf den langen, beschwerlichen Weg in die westlichen Kunlun-Berge. Die Göttin Xi Wangmu empfing ihn mit großer Liebenswürdigkeit und lud ihn zum Gastmahl ein. Gerührt von seiner Erzählung erklärte sie sich gerne bereit, ihm die Medikamente zu überlassen. Sie hatte sie ursprünglich für sich selbst entwickelt, fühlte sich aber mittlerweile in ihren geliebten Kunlun-Bergen so glücklich, dass sie wohl nie wieder den Wunsch hegen würde, in den Himmel aufzusteigen. „Die Tropfen reichen aber nur für eine einzige Person", sagte Xi Wangmu bedauernd. „Du wirst dir gut überlegen müssen, ob du ohne deine Chang'e auf der Erde leben möchtest. Ich kann auch leider keine weiteren Tropfen mehr herstellen, weil ich die Rezeptur vergessen habe."

Um die Göttin nicht zu brüskieren, nahm Houyi das Geschenk entgegen, beschloss aber, seiner Frau niemals von der Medizin zu erzählen. Auf keinen Fall wollte er seine geliebte Frau verlieren. Wieder zu Hause angekommen, versteckte er die kleine Flasche in einem Schrank, den nur er alleine benutzte und sagte zu seiner Frau, er habe

老人在他的耳边悄悄地说道。

后羿不敢耽搁：他一个人徒步向西跋涉，经历重重
险阻终于来到昆仑山。西王母十分热情地召见了他，邀
他一起进餐。她被后羿的故事所打动，很愿意把草药
交给他。此药最初原是王母娘娘留给自己用的，但是她
渐渐爱上了昆仑山，觉得在这里生活很幸福，不再想
回到天上。"不过，这草药只够一个人喝，"西王母带
着歉意说道，"你可要好好想想，是否愿意独自在人间
生活。我可没法再配制出更多的草药，因为我已忘记了
配方。"

为了不冒犯西王母，后羿收下了药，但是决定干脆
不把这件事告诉他的妻子。因为他实在不想失去自己的
爱妻。回家以后，他把药藏到了自己的一个小柜子里，
他对妻子说，没有找到西王母的宫殿。

嫦娥猜测后羿一定是有什么事儿瞒着她。她无法继
续忍受下去，把她夫君的柜子全都翻了一遍。最后她找
出了那只带有西王母封印的神奇药罐。

嫦娥深爱自己的夫君后羿，但是好奇心以及重回天
庭的愿望又是如此强烈，她迟疑了一阵，便把所有的药
都喝了下去。过了不久，她的身体变得轻飘飘，没一会
儿，便发觉自己正离开地面向天上飞去。

后羿回到家中，发现他从昆仑山带回的罐子空空如
也，不禁痛心疾首。他知道，再也见不到自己的爱妻嫦

das Schloss der Göttin nicht gefunden.

Chang'e ahnte, dass ihr Mann etwas vor ihr zu verbergen suchte. Sie hielt es nicht aus und durchstöberte alle Kisten und Schränke ihres Mannes. Schließlich hielte sie das geheimnisvolle Fläschchen mit Xi Wangmus Aufschrift in der Hand.

Sie liebte ihren Mann Houyi sehr, doch waren die Neugier und die Sehnsucht nach dem Himmel so groß, dass sie die Tropfen nach einigem Zögern einnahm. Schon nach kurzer Zeit überkam sie ein Gefühl von Leichtigkeit. Es dauerte nicht lange und sie löste sich vom Boden und begann, in den Himmel aufzusteigen.

Der Schmerz war groß, als Houyi heimkehrte und nur noch das leere Fläschchen mit den Tropfen aus dem Kunlun-Gebirge vorfand. Er wusste, dass er seine Chang'e wohl nie wieder sehen werde. Da er sie sehr liebte und sie keinesfalls mit seinen Pfeilen gefährden wollte, verzichtete er auf einen Angriff auf den Himmel und lebte in tiefer Trauer über den Verlust seiner geliebten Frau.

Es dauerte nicht lange, bis es sich fast im ganzen Himmel herum gesprochen hatte, dass Chang'e wieder in ihrem Himmelsschloss eingezogen war. So blieb es nicht aus, dass auch der Himmelskönig davon erfuhr. Zwar hatte er den Bann vor allem über ihren Mann verhängt, jedoch empörte ihn Chang'es eigenmächtige und unerlaubte Rückkehr in den Himmel. Zur Strafe verfügte er ihre ewige Verbannung auf den Mond.

Chang'e musste auf den unbewohnten Mond ziehen, wo sie fortan in tiefer Einsamkeit im Guanghan-Palast lebte. Ihr einziger Begleiter war

娥了。他那么爱她，怕箭矢伤到她，所以也放弃了进攻
天庭的念头，一个人生活在痛苦之中。

Chang'e
嫦娥

　　没多久，嫦娥归来的消息便在天庭传开了，玉帝
自然也知道了此事。虽然他最初只是想惩罚后羿，但是
对嫦娥的鲁莽以及未经许可便飞回天庭的做法也十分气
恼。于是，便把她永久地幽闭在月亮之上。

　　嫦娥只得一个人生活在无人居住的月亮上，孤独地
徘徊在广寒宫里。在那里，仅有一只会做饭和捣草药的
兔子相伴，嫦娥时常想起和丈夫在一起的幸福生活。每

ein kleiner Hase, der für sie das Essen kochte und ihre Medikamente zubereitete. Oft dachte sie zurück an die glücklichen Tage mit ihrem Mann. Besonders traurig war sie immer dann, wenn um den 15. Tag des achten Mondmonats das Mondlicht besonders hell leuchtete. Sie setze sich dann neben ihren kleinen Hasen auf einen Mondstein und weinte bittere Tränen.

Die heißen Sommertage gingen allmählich ihrem Ende entgegen. Die Apfelbäume im Garten des Jinshan-Klosters begannen, sich unter ihrer süßen Last zu biegen. Wie verzaubert lag das Land im geheimnisvollen Dämmerlicht heller Mondnächte. Das Mittherbstfest stand bevor und noch immer befand sich Xu Xian in der Gewalt des falschen Mönchs Fa Hai.

Bai Suzhen hatte sich von den Folgen der Schlacht gegen Fa Hai recht gut erholt, musste sich aber damit abfinden, dass ein weiterer Befreiungsversuch erst nach der Geburt ihres Kindes in Betracht komme. Oft saß sie in der Abenddämmerung am Westsee auf einer Bank und blickte traurig zu den Hügeln hinauf, hinter denen der Bösewicht ihren Xian gefangen hielt.

„Keine Angst, lieber Xian. Ich hole dich da heraus. Nur noch ein paar Tage ...“

Mit einer Mischung aus Trauer über die Trennung, Sorge um den Geliebten und Wut über ihre gegenwärtige Machtlosigkeit wischte sie sich trotzig die Tränen aus den Augen.

Xian hatte die vergangenen Wochen dazu genutzt, nach einer Fluchtmöglichkeit Ausschau zu halten. Sein Entführer erlaubte ihm,

年八月十五月亮又圆又亮的时候，她就分外忧伤，和那只兔子一块儿坐在月牙石上，伤心地啜泣。

炎热的夏天即将过去。金山寺的苹果已经熟透，枝桠弯弯，满是甜蜜的果实。月夜里，暮色苍茫，整个风景笼罩在一片神秘的氛围之中。中秋将至，许仙却仍在邪恶的法海手中。

白素贞已从上次与法海激战的疲惫中完全恢复，但是她必须先忍耐些许时日，直到孩子出世以后她才可以再去救许仙。她常常在日落后一个人坐在西子湖畔，忧郁地望着那座关着许仙的山丘。

"别怕，我亲爱的许仙。我会把你救出来的。再多等几日……"

时而是分别的悲哀，时而是对爱人的担忧，时而又是对自己无能为力的懊恼，三者混杂在一起，撕扯着她的心，但她却毫不气馁，坚强地抹去眼中的泪水。

许仙在过去的几周里费尽心机，四处寻找逃跑的可能。法海允许他在院里活动，但是想要出得寺院却是绝不可能。许仙心里很明白，法海时刻紧盯着他，甚至连那些真和尚们也都受命看着许仙，因为法海跟他们说，许仙已被妖魔所控，这妖魔一直想要诱惑他逃出寺院。

"我们必须保证他免受妖魔的伤害，"众僧反复念

sich innerhalb des Klosters frei zu bewegen, ein Verlassen der Klosteranlagen kam aber nicht in Frage. Xian wusste, dass Fa Hai ihn scharf bewachte und dass die echten Mönche ebenfalls die Aufgabe hatten, ein Auge auf den Gefangenen zu halten. Er erzählte ihnen, Xian sei von einem Dämon besessen, der ihn unentwegt dazu dränge, aus den Klostermauern zu fliehen.

„Man muss ihn vor dem Unheil bewahren" predigte er seinen Brüdern immer wieder. „Auf keinen Fall darf unser armer Bruder in die Welt der Menschen zurückkehren, sonst wird der Dämon ihn vernichten."

Nicht alle Mönche glaubten dem falschen Abt. Zu oft schon hatte er ihnen die Unwahrheit gesagt. Wie konnte sich hinter Xians freundlichem Wesen ein böser Dämon verbergen?

Eines Morgens, der Abt war wieder einmal außer Haus, setzte sich ein älterer Bruder auf die Treppenstufe neben Xian. „Ich glaube unserem Bruder Fa Hai nicht. Du bist nicht von einem bösen Dämon besessen. Ich weiß nicht, weshalb er dich hier gefangen hält, aber ich glaube, er fügt dir großes Unrecht zu."

Xian fasste sogleich Vertrauen zu dem freundlichen Bruder und begann, ihm seine ganze Geschichte zu erzählen. Er sprach über Suzhen und ihre Freundin Qing, den Westsee, seine Apotheke und die viele Arbeit, die seine arme Frau nun ohne seine Hilfe erledigen müsse. Er erzählte von dem Abend des Drachenbootfests, dem Mönch, der ihm aufgelauert hat, der Schlange im ehelichen Bett und vom Verlust seines Bewusstseins. Er erinnerte sich noch dunkel daran, wie er sich völlig benommen, wie von einer fremden Kraft getrieben, auf den

叨着，"我们不能让他再一次陷入魔掌。"

但是，并不是所有的和尚都相信这个邪恶的住持，因为他骗人的次数太多了，许仙如此善良的一个人怎么可能被妖怪附体？

一天早晨，法海像往常一样出了门，一个老和尚坐到了许仙旁边。"我不相信我们法海师兄的鬼话，你的心没有并被妖魔所占据，我虽不知道他为什么要把你抓到这里来，但是我想，他肯定是抓错人了。"

许仙立刻对这位和蔼的老人产生了信任，向他讲述了自己的故事。他说到素贞，说到小青，说到西湖以及湖边的药店，还有那许许多多的工作，现在只能由可怜的素贞一个人来操劳。他说起端午节那晚，有个和尚向他说了些不吉利的话，还有那天在床上看到白蛇后失去了知觉。他还讲到，在冥冥之中有一种力量带着他来到金山寺，当他终于恢复知觉醒来，却发现自己已被关了起来。

老和尚被许仙讲的故事所打动，不断地摇着头。"你被人陷害了，我的朋友，别害怕，你的苦难就要到头了。"

法海若是知道了此事，不用说，肯定会惩罚所有的人。即便如此，必须得帮助这位可怜的施主。除此之外，再没什么可以让老僧人心安的事情了。

Weg zum Kloster gemacht hatte und erst wieder vollständig Herr seiner Sinne wurde, als das Klostertor hinter ihm in sein Schloss fiel.

Gerührt von Xians Schicksal schüttelte der alte Mönch immer wieder den Kopf. „Man hat dir übel mitgespielt, mein Freund. Aber hab' keine Angst. Dein Leiden hat bald ein Ende."

Fa Hai würde sie alle bestrafen, darüber bestand überhaupt kein Zweifel. Trotzdem: Dem armen Gefangenen musste geholfen werde. Alles andere hätte der alte Klosterbruder niemals mit seinem reinen Gewissen vereinbaren können.

Anfang kommender Woche würde Fa Hai wieder für ein paar Stunden außer Hause sein. Die Gelegenheit war günstig. Die Mönche sollten an diesem Tag im Garten vor dem Kloster arbeiten. Dabei würden sie, wie zufällig, vergessen, das Tor zu verriegeln.

„Du musst vorsichtig sein. Wenn du durch das Tor in den Garten gelangt bist, halte dich links. Zwischen den Osmantussträuchern findest du den Durchgang nach draußen. Ich werde die anderen Brüder beschäftigen, damit keiner von ihnen dich bemerkt."

„Der Himmel wird dich belohnen, frommer Bruder." Dankbar blickte Xu Xian dem alten Mann in die Augen.

Alles lief, wie geplant. Xian konnte von seinem Fenster aus die Vorgänge im Klosterhof gut beobachten. Er sah, wie der falsche Abt gegen Mittag aufbrach. Kaum waren seine Schritte verhallt, als eine Gruppe von Mönchen mit Eimern und Gartengeräten ausgestattet das Tor zum Klostergarten öffnete und anfing, Unkraut aus den

Das Lingyin-Kloster
灵隐寺

　　下周一法海要出去一些时辰，机会难得。僧人们那个时候都要在院子里干活，他们肯定会忘了锁门。

　　"你要万分小心。穿过花园门后要从左边走，在桂花丛中有一条出门的小路，我会让其他师兄弟们一直忙活，到时候就没人会顾得上你。"

　　"上天会保佑你的，慈悲的高僧。"许仙十分感激地望着老和尚。

Beeten zu zupfen. Schon bald waren die Brüder so eifrig in ihre Arbeit vertieft, dass sie nicht bemerkten, wie Xian blitzschnell durch das geöffnete Tor schlüpfte und zwischen den Osmantussträuchern verschwand.

Er lief, so schnell die Füße ihn tragen konnten. Wie sehr hatte er sich nach dieser Stunde gesehnt.

Suzhen war nicht zuhause, so dass er gleich weiter zur Apotheke lief und überhaupt nicht auf den betörenden Duft achtete, der die Räume erfüllte. „Sicher ist sie bei der Arbeit", dachte er.

In der Apotheke war Xiao Qing gerade damit beschäftigt, eine Kundin zu beraten. Qing traute ihren Augen kaum, als sie Xian in der geöffneten Tür stehen sah. „Oh, wie sehr wir dich vermisst haben!" Sie rannte Ihm entgegen und nahm ihn in die Arme. „Suzhen hat den heutigen Nachmittag frei genommen. Sie sagte mir, sie wolle zuerst backen und dann den Nachmittag auf der Insel der kleinen Ozeane verbringen. Du hast sie sicher noch nicht getroffen, oder?"

„Nein, ich fand das Haus leer und bin deshalb direkt hierher gekommen. Ich werde Suzhen gleich auf der Insel suchen."

Suzhen saß auf einem Stein und blickte nachdenklich in das stille Wasser des kleinen Teichs. In wenigen Tagen würde es soweit sein. Alle Vorbereitungen waren getroffen. Sie war traurig, dass Xian sein Kind nicht sehen würde.

Bald jedoch musste sie einen zweiten Versuch zur Befreiung ihres Liebsten aus den Fängen der Schildkröte unternehmen. Sie hatte sich

一切就像预计的那样。许仙从窗子可以看到和尚们在院子里劳作。午间时分，法海出去了。他前脚刚走，僧人们就打开大门带着桶和其他工具在院子里面除起草来。僧人们干得十分起劲儿，谁也没发现许仙闪电般地跑过大门，钻进桂花丛消失了。

终于等到了这一刻，他飞也似地往家里赶。

素贞并不在家中，于是他又马上奔向药店。他完全没有留意到房间里充满了诱人的香气。"素贞肯定是在干活。"

药店里，小青正忙着招呼一位病人。当许仙推门而入的时候，小青简直不敢相信自己的眼睛。"天哪，我们可想死你了！"她立刻跑过去扑到他的怀里，"素贞今天下午不过来了。她跟我说，想一个人到'小瀛洲'去。你肯定还没见着她，是吧？"

"是啊，我发现家里没人就直接跑到这里来了。我这就到岛上去找她。"

素贞正坐在一块石头上若有所思地望着湖水。过几天她就要生孩子了，所有事情都已准备妥当，可惜许仙看不到孩子出世。

很快她就要再一次尝试从法海手中搭救许仙，她已经想好一个计策，只是还在考虑是否天衣无缝。

bereits eine neue Angriffsstrategie erdacht und war gerade damit beschäftigt, das Für und Wider der einzelnen Schritte zu rekapitulieren und auf Schwachstellen zu prüfen.

Doch da! Träumte sie, oder war das Wunder geschehen, auf das sie so sehnlich gehofft hatte?

„Bist du es wirklich, Xian?" Suzhen war überwältig vom Gefühl des Glücks. Die Freude nahm ihr fast den Atem. Sie wollte losrennen, um Ihm entgegen zu kommen, aber ihre Beine bewegten sich nicht. Sie stand nur mit ausgebreiteten Armen da. Wie war dies möglich? Xian rannte auf Suzhen zu und küsste sie. Sie hielt ihn ganz fest und schluchzte vor Glück. „Nun habe ich dich ganz zurück. Deine Hände und dein Herz."

„Suzhen, ich weiß, dass du eine Göttin bist und auch schon einmal als Schlange gelebt hast. Ich habe aber keine Furcht vor dir, sondern liebe dich über alles. Ich war wie in einem Bann. Die Lähmung und Angst vor dir als göttliche Schlange kamen nicht aus meinem Inneren. Das war das Werk des bösen Mönchs, der mich entführt hat." Xian war sehr erregt und es fiel Suzhen nicht leicht, seinen Redefluss zu bremsen.

„Nein, lieber Xian, ich weiß sehr wohl, dass das nicht du selbst warst, der sich in nächtlicher Stille einfach davon gestohlen hat. Das war der Fluch des falschen Bruders Fa Hai, der in Wahrheit eine Schildkröte aus den Westsee ist. Aber lass uns für heute erst einmal die dunkle Vergangenheit vergessen. Morgen sollst du mir erzählen, wie es dir in deiner Gefangenschaft ergangen ist. Heute ist das Mondfest. Ich habe leckere Mondkuchen gebacken, denn heute Abend wollen wir

但是他现在出现在自己眼前了！这是真的吗，还是自己在做梦？

"真的是你吗，许仙？"素贞喜出望外。幸福让她几乎喘不上气来。她想立刻冲过去，但是她的腿却不听使唤，她只是站在那里展开双臂。这一切怎么可能？许仙跑了过去使劲地亲她。她紧紧抱着他抽泣起来，说道："你终于回来了，完完好好地回来了。"

"素贞，现在我知道了，你本为仙身，曾经是一条白蛇。我从来没有害怕过你，相反，我爱你胜过一切。我曾被人下了诅咒。瘫软和畏惧绝非我的本意。这一切都是那个恶和尚造的孽，他控制了我的心智。"许仙很是激动，素贞都没有机会劝他放慢说话的速度。

"不，亲爱的夫君，我明白，你那是身不由己。都怪坏和尚法海做的好事儿，他是西湖里的一只乌龟。不过，让我们先忘了这一切，明天再跟我说你是怎么逃出来的吧。今天是中秋节，我已经做好了月饼，今晚，我们要和小青开开心心地庆祝一番，一边品尝佳肴一边欣赏西湖明月。你能在中秋节这天逃出魔掌，这一切一定是上天的安排，你说呢？"

"囚禁在寺院的高墙后面，我早已感觉不到四时更替，要不是今天逃出来的话，我哪里会知道大家在过中秋节。对，这可能就是上苍的安排，因为我们的爱是永恒的。"

zusammen mit der lieben Xiao Qing feiern, fröhlich sein, meine Kuchen essen und das festliche Leuchten des Mondes über dem Westsee bewundern. Dass es dir ausgerechnet heute, am Tag des Mondfests gelungen ist, der Macht dieses Bösewichts zu entkommen, kann nur ein Wink des Himmels sein, denkst du nicht auch?

„Hinter den Gefängnismauern hatte ich jedes Gefühl für Raum und Zeit verloren. Wäre ich heute nicht frei gekommen, hätte ich nie erfahren, dass wir das Mondfest feiern. Ja, es kann nur eine Fügung des Himmels sein, denn unsere Liebe ist ewig."

Die zwei Liebenden verlebten an diesem Tag die glücklichsten Stunden ihres Lebens. Nie schlägt ein liebendes Herz stärker als am Ende einer langen Trennung.

Am Abend traf Xiao Qing, die schöne, grüne Dame im Haus der Beiden ein. Gemeinsam feierten sie die Wiedervereinigung und das Mondfest in froher Runde mit Suzhens duftenden Mondkuchen und feinem Tee vom Tal des Drachenbrunnens.

Zur Stunde, da der Mond sich golden in der Stille des Wassers spiegelte, setzten sie sich zu dritt auf die Steinbank ihres Hauses, von wo aus sie einen herrlichen Blick auf den Westsee, den Mond und die vielen Feuerwerke der Nacht hatten.

这对爱人彼此厮守，享受着他们生命中最幸福的时光。久别重逢，使得他们更加相爱。

晚上，美丽的小青来到二人家中，他们一起品尝着素贞做的香甜可口的月饼和从龙井村拿来的上好绿茶，庆祝这彼此重逢的团圆时刻。

金色的月亮倒映在西湖幽静的水面，三人坐在房前的石凳上，欣赏着湖水、满月和对岸的绚烂焰火。

Hinterhalt am Frühlingsfest

Das wichtigste Fest feiert man in China am ersten Tag des ersten Mondmonats: Wie alle traditionellen Jahrestage richtet sich auch „Chūnjié" das chinesische Neujahrsfest nach dem Mondzyklus.

Dem zwölfjährigen Tierkreis, der sich von den zwölf Erdstämmen herleitet, entsprechen die zwölf Tiere des chinesischen Kalenders. Die zwölf Erdstämme, die je eine Himmelsrichtung repräsentieren, bildeten in früherer Zeit den wichtigsten Orientierungsmaßstab in der chinesischen Seefahrt und waren zugleich die Berechnungsgrundlage für die Geographie und Kartographie des Altertums. Zusammen mit den zehn Himmelsstämmen, die sich aus fünf Wandlungsphasen des Yin und des Yang zusammen setzen, ergibt sich damit der Sechzig-jahreszyklus des chinesischen Kalenders.

Jedem Jahr ist sowohl ein Tier als auch eines der fünf Elemente Metall, Wasser, Holz, Feuer und Erde zugeordnet. Am Anfang des Jahreskreises steht immer die Ratte. Ihr folgen dann Büffel, Tiger, Hase, Drachen, Schlange, Pferd, Ziege, Affe, Hahn, Hund und Schwein.

Schon seit Jahrtausenden feiern die Menschen in den Dörfern am Neujahrs- oder Frühlingsfest die Ernte des vergangenen Jahres. Danach beginnen die Vorbereitungen für die Bestellung der Felder, denn der erste Tag des ersten Mondmonats ist zugleich der chinesische Frühlingsanfang. Die Geschichte des Frühlingsfests reicht zurück bis in die frühe Shang-Periode im 17. vorchristlichen Jahrhundert, aus der bereits von zeremoniellen Frühlingsopfern für Götter und Ahnen berichtet wird.

正月里的阴谋

中国最重要的节日是每年农历一月的第一天，也就是春节。春节是中国人的新年。

Jahr der Ratte.
Chinesischer
Scherenschnitt
鼠年——中国剪纸

与中国地支相配的十二生肖，分别对应着十二个动物形象。每一种动物在天上都有自己的方位，在古时候是航海的重要座标，同时也是古代地理和制图的计算基础。连同天干的十个符号，它们一同构成了阴阳五行的变换过程，于是产生了六十年一循环的中国纪年法。

每一年都有一种动物对应，也可由金、木、水、

白蛇传奇——中国的魔法世界 | 137

Streng genommen beginnt das Frühlingsfest bereits am 23. Tag des zwölften Mondmonats mit einem Opfer an den Küchengott, der an diesem Tag zum Himmel aufsteigt, um dem Himmelsgott über das Geschehen auf der Erde Bericht zu erstatten. Früher gab es in fast allen chinesischen Familien einen kleinen Altar mit dem Bild des Küchengottes. Die Opfergaben bestehen heute meistens aus Süßigkeiten, denn die Menschen hoffen, dass der Küchengott nach dem Genuss süßer Leckereien gnädig gestimmt sei und dem Himmelsgott nur Gutes über die Familie berichten werde.

Das Frühlingsfest ist in China traditionell das Fest der Familie. Schon Tage vor dem Ereignis wird in allen Häusern und Wohnungen des Landes geputzt, geschrubbt und poliert, bis wieder alles blitzt und blinkt. Dadurch wird der Staub des alten Jahres abgeschüttelt und das neue Jahr mit Glanz und Freude begrüßt. Anschließend schmückt und dekoriert man das Haus mit Glückssymbolen und Neujahrssprüchen. Von Kalligraphen auf rotem Papier geschriebene Neujahrssprüche mit Glückwünschen für das kommende Jahr werden meist direkt neben dem Haupteingang aufgehängt. Außerdem werden in den Wohnungen Neujahrsbilder angebracht, deren Symbolik ebenfalls gute Wünsche ausdrücken sollen. Die Allegorie eines dicken Kindes auf einem Fisch steht beispielsweise für ein erntereiches Jahr.

Am Vorabend des alten Jahres versammelt sich die ganze Familie zum traditionellen Festessen, dem „Tuanyuan Fan". In den südlichen Provinzen ist der Neujahrskuchen „Nian'gao" als Glücksbringer und beliebte Speise ein fester Bestandteil der Neujahrssitten. In ganz China, besonders aber im den nördlicheren Provinzen gehören die „Jiaozi" zu den beliebtesten traditionellen Neujahrsgerichten.

火、土五行中的一种元素来代表。鼠是十二生肖中的第一个，然后是牛、虎、兔、龙、蛇、马、羊、猴、鸡、狗和猪。

千百年来，中国人就在旧历年末和新年之初来庆祝春节，然后就开始准备春耕了，因为春节是春天的开始。春节的来历要回溯到公元前17世纪的商代，当时就已经在春季向上天祭祀。

严格说来，春节在阴历12月23日那天就开始了，那天是灶王爷返回天庭向众神报告人间情况的日子。以前，几乎每一家都供着灶王神。一般祭灶的供品都是些甜食，因为人们以为用甜食讨好灶王神以后，他就会跟玉帝只说家里的好话了。

春节是中国传统的家庭节日。在春节到来的前几天，家家户户都忙着收拾屋子、擦拭家具，直到一切都整洁如新，这样才算除旧迎新大吉大利。然后还要装饰房间、贴福字、写春联等等。在红纸上写好的表达新年美好愿望的春联往往会直接贴在大门的两侧。屋子里面还要贴上年画，以求来年好运，年画上，抱着一条大鱼的胖小子意味着年年有余。

年三十那晚，人们举家团聚，围坐一起吃传统的团圆饭。在南方地区，年糕象征着幸福，也是很受欢迎的一种食品。在全中国，特别是北方，饺子是最受欢迎的春节食品。

Das sind kleine, mit einer Mischung aus Hackfleisch, fein gehacktem Lauch, Chinakohl und Sojasauce gefüllte Teigtaschen, die man vor dem Essen in eine, je nach Region, mehr oder weniger scharfe Essigsauce tunkt. Noch heute gibt es die Sitte, in einem „Jiaozi" eine Münze zu verstecken, die als besonderes Glückssymbol angesehen wird.

In China feiert man den Jahreswechsel mit ohrenbetäubendem Lärm: Mit allerlei Feuerwerkskörpern sollen die bösen Geister vertrieben und die guten herbeigerufen werden. Das Spektakel beginnt um Mitternacht und kann sehr lange dauern. Danach bleibt man beisammen, feiert und lacht bis zum Anbruch des neuen Tages. Die erste Nacht des Jahres bis zum Morgen durchzufeiern verheißt nach chinesischer Vorstellung ein langes Leben.

Es gibt Untersuchungen, denen zufolge das Abbrennen von Feuerwerk die Erschaffung von Himmel und Erde symbolisiert. Mit seinen rituellen Wurzeln weist diese Tradition weit ins chinesische Altertum zurück. Ein neues Jahr verkörpert sinnbildhaft die Geburtsstunde von Himmel und Erde.

Am Anfang, so die chinesische Mythologie, gab es weder Himmel noch Erde, sondern nur einen einzigen, großen Klumpen. Dort in diesem wüsten Einerlei lebte ein Mann namens Pan Gu.

Das Leben in dieser Einöde war so trist, dass Pan Gu Tag und Nacht in seiner Höhle lag und schlief. Doch eines Tages öffnete er seine Augen, sah um sich und betrachtete den garstigen Klumpen mit tiefer Abscheu. Er ergriff eine Axt, hieb zu einem heftigen Schlag an und hackte den Klumpen in zwei Teile.

Jiaozi
饺子

　　这种包着肉馅、葱末、白菜和酱油的面食，不同的地区吃法也各有差别，作为蘸料的醋里还可以根据口味放进辣椒。至今仍有在饺子里放硬币的风俗，吃到这枚饺子的人就能获得好运。

　　在中国，除旧迎新的时候是非常喧闹的：烟花爆竹是为了驱赶妖魔，带来好运。一般在午夜时分开始鸣放鞭炮，一直到很晚，然后大家聚到一起欢笑庆祝，一同迎接新一天的开始。这样的彻夜欢庆意味着长命百岁。

　　有研究认为，燃放烟花意味着天地的开创。这个习俗要追溯到中国古老的宗教仪式。新年来临也象征了天与地的诞生时刻。

Es kam dabei zu einer heftigen Explosion, bei der gewaltige Energien freigesetzt wurden. Die Yang-Energien stiegen als klare Substanzen nach oben und bildeten den Himmel, die schweren Teile sanken als Yin nach unten und bildeten die Erde. So wurde Pan Gu zum Schöpfer von Himmel und Erde.

Im Gedanken an die Entstehung des Himmels und der Erde entzündeten Menschen der Frühzeit beim Beginn eines neuen Jahres Bambusstöcke. Der dabei aufsteigende Rauch versinnbildlichte den Himmel, die herunter fallenden Aschereste die Erde.

Der erste Tag des neuen Jahres beginnt in China mit dem in gewisser Hinsicht rituellen Neujahrsgruß. In früheren Zeiten war es Brauch, dass die Kinder vor ihren Eltern und Großeltern einen Kotau machten, sich nach ihrem Befinden erkundigten und ihnen ihre Glückwünsche zum neuen Jahr überbrachten. Bis auf den Kotau, an dessen Stelle ein ehrerbietiger Gruß getreten ist, gehört diese schöne Sitte noch heute zu den lebendigen Neujahrsbräuchen Chinas.

Hell leuchtend klingt das chinesische Neujahr am 15. Tag des ersten Mondmonats mit dem Laternenfest aus. Während sich das Neujahrsfest weitgehend in Haus und Familie abspielt, zieht das Laternenfest die Menschen hinaus auf die Straßen. Der Tag des Laternenfests markiert das offizielle Ende des Winters und den Beginn des neuen Frühlings.

Das Laternenfest findet seinen Ursprung in der Thronbesteigung des Han-Kaisers Wendi am 15. Tag des ersten Mondmonats im Jahr 180 vor unserer Zeitrechnung. Um dieses denkwürdige Ereignis angemessen zu würdigen, verfügte Kaiser Wendi, dass nach Einbruch der Dunkelheit vor den Häusern bunte Laternen in allen Formen und

根据中国的传说，太古年代并没有天地之分，整个世界混沌一片。在这片昏暗里，住着一个叫盘古的人。

混沌之中的生活十分乏味，盘古只能终日躺在那里酣睡。有一天他睁开了眼睛，看到自己所处的环境如此丑陋，心中很是不快。于是他挥起一把斧子，把混沌一劈为二。

世界被这一劈发生了巨大的爆炸，能量被释放出来，阳气清濯而上升，变成了天；阴气浑浊而下沉，形成了大地。这就是盘古开天辟地的故事。

在古时候，人们常在新年伊始以燃烧竹筒来纪念天地的诞生。爆竹所产生的青烟代表天，下落的烟灰则是地。

中国新年的第一天以拜年仪式开始。早些时候的习俗是孩子要在父母和祖父母面前磕头，感谢他们的养育之恩，献上儿孙们的新年祝福。如今磕头已成旧俗，但拜年这一美好的传统依然保留至今。

正月十五那一天是元宵佳节，处处张灯结彩。如果说大年初一是家庭团圆的节日，那么到正月十五人们则会纷纷涌上街头。元宵节意味着冬天正式告终，春天重又到来。

Farben aufzuhängen seien. Es war eine schöne, sternenklare Nacht und die Häuser erstrahlten festlich im Lichtschein der Laternen, als der Kaiser seinen Palast verließ, um in den Straßen seiner Hauptstadt gemeinsam mit seinem Volk das erste Laternenfest zu feiern. Kaiser Wendi war an diesem Abend so glücklich, dass er den 15. Tag des neuen Jahres zum Tag des Laternenfests erklärte. Seit dem Jahr 104 vor Christus ist das Laternenfest ein nationaler Feiertag in ganz China.

Jahr für Jahr schmücken sich die Straßen und Plätze der Städte und Dörfer des Landes mit bunten Laternen aller Formen und Farben. Vielerorts finden auch zentrale Veranstaltungen statt. Großes Vergnügen bereiten den Menschen immer wieder aufs Neue die Laternenrätsel. Schon Tage vor dem Laternenfest zerbrechen sich viele Menschen den Kopf, um möglichst gute und schwer zu lösende Rätselfragen zu erfinden. Die mehr oder weniger komplizierten Rätselsprüche stehen dann auf kleinen Zettelchen, die an die Laternen geklebt werden. Wer ein Laternenrätsel löst, darf das Zettelchen abreißen und erhält ein kleines Geschenk, manchmal sogar die ganze Laterne.

Wie an allen anderen traditionellen Feiertagen, hat die chinesische Küche auch am Laternenfest eine besondere Köstlichkeit auf dem Speisezettel. Yuanxiao, im Süden sagt man auch Tangyuan, sind köstliche Klebreisbällchen, die je nach Provinz unterschiedliche Füllungen haben können. Die Yuanxiao gibt es gekocht, gedämpft oder gebraten und gefüllt mit Zucker, Rosenblättern, Sesamkörnern, süßem Bohnenbrei, Walnüssen, Datteln oder auch Fleisch.

Eine bemerkenswerte Besonderheit findet man in der nordost-chinesischen Stadt Harbin, die durch ihr jährliches Festival der Eisskulpturen weit über die Landesgrenzen hinaus bekannt ist. Vor

元宵节的由来要回溯到公元前180年，正月十五的那一天是汉文帝加冕登基的日子。为了庆祝，汉文帝下令，傍晚时分家家户户都要点上各式各样的灯笼。那是一个繁星满天的夜晚，当汉文帝离开王宫和臣民们一起欢庆时，整个都城都被灯笼照亮了，文帝感到十分欣慰，于是下令每年正月十五为灯笼节。到了公元前104年，元宵节正式成为中国的一个重要传统节日。

每年的这个时候，不管是城市还是乡村，到处都会点上五彩缤纷的灯笼。很多地方还会组织活动和表演。人们最感兴趣的要算猜灯谜了。在元宵节的前几天，人们就已经开始绞尽脑汁地准备难猜的谜语。然后把那些多多少少让人费点脑筋的谜题写在纸条上，贴在灯笼四周。谁要是解开了谜语，就可以把纸条撕下来，还能得到一份小礼品，有些时候还能获得整个灯笼。

同其他传统节日一样，在这一天也会有好吃的。元宵，在南方也叫汤圆，一种糯米做的球状甜食。地区不同，里面的馅儿也不一样。元宵可以煮着吃、蒸着吃或是炸着吃，馅料可以是糖、芝麻、豆沙、核桃、红枣或是肉馅。

值得一提的是，在北方城市哈尔滨，冰雕工艺闻名海外，特别是元宵节前后的冰雕展，吸引无数国内外的朋友。

und nach dem Laternenfest gibt es dort eine Eislaternenausstellung, die viele Touristen aus allen Ländern der Erde an sich zieht.

„Ich bin gespannt, wer heute Abend das Laternenrätsel lösen wird", neckte Suzhen.

Xian lächelte, ohne zu antworten. „Sie ist bezaubernd, wenn sie versucht, mich aufzuziehen." Auch er freute sich auf den großen Laternenzauber, der heute Abend wieder das ganze Seeufer und die drei Inseln in ein Meer aus Licht und Farben verwandeln würde.

Wie schön war ihr Leben zu Dritt – man könnte auch sagen „zu Viert", denn Xiao Qing, Suzhens beste Freundin gehörte ja längst zur Familie. Nie würde Suzhen vergessen, wie fürsorglich die Freundin sich bei der Geburt ihres Sohnes um alles gekümmert hatte.

Nur drei Tage nachdem Xu Xian sich aus der Gefangenschaft des Schildkröten-Mönchs befreit hatte, kam ihr Sohn zur Welt. Eigentlich hatte Suzhen für alles Vorsorge getroffen. Dann aber überschlugen sich die Ereignisse. Ohne Vorwarnung setzten die Wehen ein und es war keine Zeit mehr, nach der Hebamme zu rufen. Glücklicherweise stand gerade in diesem Moment Xiao Qing in der Tür, einen Korb voll köstlicher Äpfel in den Händen haltend, den eine zufriedene Kundin in der Apotheke vorbei gebracht hatte.

Geistesgegenwärtig nötigte Qing ihre Freundin in das Schlafzimmer und legte sie auf das Bett. Obwohl sie noch nie bei einer Geburt mit dabei war, übernahm sie die Verantwortung. Wie von einer inneren Stimme geleitet, brachte sie nach weniger als zwei Stunden einen gesunden Jungen zur Welt.

"我想知道今年谁会解开灯谜，"素贞调皮地说。

许仙笑而不语。"当她逗我的时候，真是千娇百媚。"他也盼望看到今年的灯会，到时候整个湖岸和岛上都会被灯火照亮。

三口之家的生活是多么美好——或是说"四口"，因为素贞最好的朋友小青也算是家庭的一员。素贞永远也不会忘记，自己生孩子的时候小青是如何无微不至地照料。

许仙逃出来的第三天，素贞生下了一个儿子。一切都有些不可思议。没有任何预兆，素贞就要临产了，甚至没来得及叫接生婆。这时，多亏小青从药店回来，手

„Du darfst jetzt deinen Sohn sehen. Und natürlich auch deine Suzhen. Beide sind gesund und wohlauf".

Gerade in diesem Moment trat Xian zusammen mit der Hebamme zur Haustür herein. Obwohl er sah, wie selbstbewusst Xiao Qing sich um alles kümmerte, hielt er es für sinnvoll, nach der Hebamme zu suchen. Man konnte ja nicht wissen, ob es möglicherweise zu Komplikationen kommen würde.

Xiao Qing hatte aber alles unter Kontrolle. Das Kind war bereits gebadet und alles war aufgeräumt. Suzhen lag müde aber entspannt lächelnd im Bett, ihren Jungen im Arm haltend.

„Ich denke nicht, dass ich hier noch benötigt werde." Die Hebamme lächelte. Sie beglückwünschte die junge Familie, lobte Xiao Qings gute Arbeit und ging nach Hause.

Auch in den Tagen und Wochen nach der Geburt war Xiao Qing sichtlich bemüht, das junge Paar in allen Bereichen des Alltags zu entlasten. Suzhen und Xian konnten sich ein Leben ohne ihre Freundin gar nicht mehr vorstellen.

Die Arbeit in der Apotheke, das junge Familienglück und die enge Freundschaft mit Qing ließen die Schmerzen der Trennung und der erlebten Gräuel bald in den Hintergrund treten. So unbeschwert, wie zuvor, würde das Leben jedoch nie wieder sein, so lange Fa Hai dort oben im Jinshan-Kloster sein Schreckensregiment führte.

Es war gewiss nicht damit zu rechnen, dass der falsche Abt sich ungerächt mit seiner Niederlage abfinden würde. Inzwischen war

里还提着客人为了致谢而送的一篮苹果。

　　她看到素贞正躺在床上，估计是要生了。虽然她从未接生过，但立刻动起手来，似乎内心有个声音在引导着她。两个时辰不到，素贞便生下一个健康的男宝宝。

　　"你现在可以看你的儿子了。当然，还有素贞。母子平安。"

　　正在这个时候，许仙带着接生婆赶了回来。尽管他看到小青正在自信地打点一切，但还是觉得找个接生婆比较保险。谁也不敢保证会不会有什么意外。

　　一切都在小青的安排之下，她已经给婴儿洗了澡，其他的东西也收拾停当。素贞无力地躺在床上，但她如释重负地微笑，用臂弯拢着自己的小宝宝。

　　"看来，我没必要再呆在这里。"接生婆笑着说。她向全家道了喜，夸奖了一番小青的工作，便转身回家了。

　　接下来的几星期，小青里里外外地忙着，着实帮小两口减轻了不少负担。素贞和许仙简直不敢想象没有小青的生活。

　　药房的工作、家庭的幸福以及和小青的友情使得先

Suzhen aber wieder ganz im Vollbesitz ihrer Kräfte und es würde dem Bösewicht sicher nicht leicht fallen, zum Gegenangriff überzugehen.

Suzhen legte sich gerade ihren roten Seidenschal um die Schultern, als Qing an die Tür klopfte, um die Beiden zum Laternenfest abzuholen. Wie schön das Rot des Schals sich von dem cremefarbenen Kleid und der weißen Haut abhob. Suzhen sah einfach bezaubernd aus.

„Schön siehst du aus. Du solltest deine Haare öfter so offen tragen". Qing lächelte glücklich. Sie hatte ihre Haare normalerweise streng nach oben gesteckt. Aus einer Laune heraus entschied sie sich an diesem Abend für die Änderung.

Suzhen wickelte ihren Jungen sorgsam in eine warme Decke und nahm ihn in die Arme. „Lass uns gehen. Ich freue mich auf die vielen Lichter und die fröhlichen Leute."

Wie verzaubert lag der See mit seinen Inseln im Lichterglanz unzähliger farbenfroher Laternen, vereint mit dem fernen Schein der Sterne des Himmels. Lichter und Menschen, wohin das Auge blickte. An den Ständen boten die Händler allerlei Spielsachen und Süßigkeiten für die Kinder an. Dazwischen dampften aus Töpfen duftende Yuanxiao. Suzhen liebte die Klebreisbällchen sehr, vor allem die mit Rosenblättern gefüllten.

Die Menschen drängten sich besonders eng um die Laternen „mit den laufenden Pferden". So nannte man die Art von Laternen, die aus zwei Schichten bestanden. Wenn ihr Licht entzündet wurde, begann die innere Schicht, sich zu drehen, wodurch sich die Farben der inneren

前的痛苦慢慢褪去。但是，只要法海还在金山寺，这种平静生活就不可能长久。

不难想象，法海是多么急于卷土重来。在此期间，素贞又恢复了她全部的法力，她现在可以抵御他邪恶的法术了。

当小青叩门准备邀他们俩同去看灯会的时候，素贞刚好正把一件红色丝巾披到肩上。这条红丝巾与她乳白色的衣裙还有白皙的皮肤搭配在一起非常漂亮，素贞整个人看起来宛若天仙。

"姐姐你太美了！你真应该经常梳这种发式。"小青快乐地笑道。平日里，素贞总是将头发高高盘起。今天心情不错，她也随之换了一种发型。

素贞把婴儿裹在温暖的襁褓里。她抱起孩子说："咱们走吧。我喜欢灯火辉煌，到处都是欢快的人群。"

入夜，西湖水上和湖中的小岛在灯火的辉映下如梦如幻，数不清的灯笼与天边的繁星相接。放眼望去，处处是灯火和人群。小摊上摆着各式各样的玩意儿和甜食，锅里煮着香喷喷的元宵，其中就有素贞最喜欢的玫瑰馅的。

人们大多都拥簇在"走马灯"旁边。这是一种两层的灯笼。灯笼点燃后，里面的那一层就开始转动，和外

Schicht durch die Öffnungen der äußeren Schicht wie ein lebendiges Formen- und Farbenspiel bewegten.

Soeben hatte Xiao Qing sich zu einer roten Hasenlaterne nach vorne gearbeitet, als sich vom See her ein fliegender Händler lautstark Gehör verschaffte. Er verkaufte bunte Tücher, Papierlaternen und anderen billigen Plunder. Er sah aus wie ein Narr, in bunte Lumpen gekleidet und mit einer abenteuerlichen Mütze auf dem Kopf. Der lange Bart wirkte unecht – fast wie angeklebt. Beim Blick in sein Gesicht erschrak Suzhen. Etwas Boshaftes, ja Dämonisches lag in den Augen des fremden Händlers, etwas, was sie schon einmal irgendwo gesehen hatte, aber nicht genau zuordnen konnte.

Zu Xians Überraschung lag inmitten all der Nichtigkeiten seiner Auslage ein edles, mit Perlen und kostbaren Steinen besetztes Schmuckstück, das der Händler lautstark anpries. Er lief grinste Xian frech ins Gesicht. „Na, willst du nicht deiner Liebsten ein schönes Diadem kaufen?" krächzte er mit seltsamer Stimme. „Passt es nicht genau zu ihrem schönen Kleid?"

Weil Xian nicht sofort auf sein Angebot einging, bot der Händler seine wertvolle Ware zu immer niedrigeren Preisen an. Xian fand durchaus Gefallen an den Juwelen. Suzhen würde gewiss wie eine Königin aussehen. Nach kurzem Zögern einigte er sich mit dem Händler und kaufte das schöne Stück, obwohl Suzhen ihn davon abhalten wollte. Sie legte keinen Wert auf Schmuck. Zudem war ihr der Händler mit dem bösen Blick sehr unangenehm.

Xian freute sich über das feine Stück und wollte gleich sehen, wie schön Suzhen mit dem edlen Diadem aussah. Suzhen wollte eben

面那一层的颜色和图案交相呼应，流光溢彩。

小青手里拿着一个红色的兔形灯笼，看到迎面走来一个货郎正在高声叫卖。小贩兜售各种彩色头巾、纸灯笼和其他的便宜货。他看上去像个小丑，身上裹满了彩色的布条，头上戴着奇怪的帽子，他的长胡子看上去也很假，仿佛是粘上去的。当素贞看到他的脸时着实吓了一跳。这个小贩有一双凶狠的眼睛，她似乎在哪里见过，却怎么也想不起来。

令许仙惊讶的是，在那些不值钱的玩意儿中间，竟然有一件由价值不菲的宝石和玛瑙镶嵌而成的高贵头冠。货郎冲着许仙狡黠地一笑，"怎么，你不想给你的娘子买一个漂亮的头冠吗？"他的声音听起来很怪，"瞧，这和她那身漂亮的衣裳是不是很相配？"

许仙没有马上出手，货郎便不断地降低价格。许仙实在是太喜欢这头饰了，素贞戴上去肯定会像仙女一般。尽管素贞想阻止他，但犹豫片刻之后，许仙还是买下了它。素贞对这些金银首饰一点儿都不在乎，而且，这个货郎不怀好意的眼神让她浑身不自在。

许仙十分欢喜，想要马上看到素贞戴上头冠的样子。素贞本想推辞，许仙却已经把它戴到了素贞头上。她早有一种不祥的预感，所以才想阻止许仙买下这顶头饰。

noch widersprechen, da setzte Xian ihr die Krone auf die Stirn. Sie hatte eine böse Vorahnung, dass mit dem gekauften Schmuckstück etwas nicht stimmen mochte.

Noch während Xian ihr das Diadem anlegte, erkannte sie hinter der lächerlichen Fassade des närrischen Händlers den falschen Mönch Fa Hai. Doch in diesem Augenblick war es schon zu spät. Das Diadem ließ sich nicht mehr vom Kopf abnehmen. Es war in Wirklichkeit eine verzauberte Opferschale, die sich blitzschnell in den Kopf der schönen Suzhen einschnürte. Immer enger wurde das Band und Suzhens Schmerzen waren kaum noch zu ertragen. Schnell drückte sie Xian ihren Jungen in den Arm.

„Leb wohl, Liebster!" Mit diesen Worten verlor sie ihre menschliche Gestalt und wurde wieder zu einer Schlange. Im selben Augenblick verwandelte sich auch das Diadem und wurde zur Opferschale, in der die weiße Schlange gefangen war. Es gab kein Entkommen. In der Opferschale war jeder Widerstand gegen den Mönch ausgeschlossen.

Fa Hai hatte sich mittlerweile seiner absurden Fassade entledigt. Schon wollte er nach der Opferschale greifen, als er von zwei heftigen Blitzen zurückgeschleudert wurde. Ängstlich rannten die Menschen beiseite und brachten sich in Sicherheit. Es war Xiao Qing, die grüne Dame. Nein, sie würde ihre beste Freundin nicht kampflos in die Hände den bösen Mönchs gelangen lassen. Gerade wollte dieser sich erheben, da schleuderte sie ihm erneut zwei heftige Blitze entgegen. Doch dieses Mal war er schneller. Geistesgegenwärtig sprang er beiseite und erwiderte den Angriff seinerseits mit heftigen Blitzen und Feuerzungen.

就在许仙给她戴上凤冠的那一刻，她突然意识到这个傻乎乎的货郎正是坏和尚法海乔装所扮。但可惜为时已晚，她已经无法取下那个凤冠。它其实就是一个带有法力的金钵，瞬间便紧紧地箍在素贞头上，而且越来越紧。素贞不堪忍受这种疼痛，赶紧把孩子塞到许仙的怀里。

　　"快走，亲爱的夫君！"瞬间她就从人形变成了一条蛇。凤冠同时也变作一只钵，将白蛇扣在里面。法海用法力控制着这个钵，让白蛇根本无法逃脱。

　　与此同时，法海褪去货郎那套可笑的装扮，他正想前来取钵，突然被两道闪电击倒。人们惊慌中四处逃散，躲将起来。这是小青发出的闪电。她绝不能这么眼睁睁地看着好友被擒。法海刚站起来，小青又冲着他发出两道闪电。但是这次他敏捷地躲开了，他闪到一旁，趁势向小青也发出闪电和火焰。

　　杭州的百姓们都不会忘记这个元宵节。双方一时打得难分高下。但小青被对方的闪电击中几次之后，渐渐感到自己体力不支。法海最终占了上风。

　　当他看到青衣娘子已经无力反击的时候，便抓起金钵，消失在慌乱的人群中。

　　他紧紧地把包袱夹在手臂下。"可被我抓住了，你永远也逃不出我的手心。"法海一路狞笑着。

Nie sollten die Menschen von Hangzhou dieses Laternenfest vergessen. Es entspann sich ein heftiger Kampf, im dem es zunächst aussah, als könne es keinen Sieger geben. Nachdem Qing jedoch mehrmals von schweren Blitzen ihres Gegners getroffen worden war, fühlte sie, wie ihre Kräfte immer weiter nachließen. Der Mönch hatte gesiegt.

Als er sah, dass die grüne Dame keinen Widerstand mehr leisten konnte, schnappte er sich die Opferschale und verschwand in der verstörten Menschenmenge.

Er hielt die Beute fest in den Armen. „Jetzt gehörst du mir. Nie wieder wirst du dich meinem Willen widersetzen." Fa Hai lachte böse.

Oben auf dem Berg, unter dem Eingang zur Leifeng-Pagode, hatte er bereits einen Spaten bereitgelegt. Er stellte die Opferschale beiseite und begann damit, unter der Pagode einen unterirdischen Gang anzulegen. Der Morgen begann schon zu dämmern, als er aus der frisch gegrabenen Höhle heraus kroch, um die Opferschale zu holen. Er setzte diese in die Mulde unter der Pagode und verschloss den Eingang mit einer großen Steinplatte, die er ebenfalls schon seit Tagen bereitgelegt hatte.

Der falsche Mönch hatte sein Ziel erreicht. Um seine Gefangene besser bewachen zu können, verließ er sein Kloster und verlegte seinen Wohnort hinüber zur Leifeng-Pagode. Für seine Klosterbrüder war sein Austritt eine Befreiung. Zum ersten Mal seit langer Zeit konnten sie ihr Leben wieder ganz dem Glauben und der Wohltätigkeit widmen.

在山顶上的雷峰塔下，他早就准备好了一把铲子。他把金钵放到一边便开始拼命挖。当法海挖好地道爬出来的时候，天刚放亮，他把金钵埋到地下，用事先备好的大石板将入口封住。

恶和尚终于达到了他的目的。他索性放弃金山寺，搬到雷峰塔，以便更好地监视白蛇。对那些寺院里的和尚们来说，这未尝不是一种解脱。他们终于可以静下心来拜佛和修行了。

Die Strafe

Majestätisch ragt der Emei Shan, der „Augenbrauenberg", mit seinen knapp 3100 Metern aus der Chengdu-Ebene im Südwesten der zentralchinesischen Provinz Sichuan. Der Emei-Berg ist weit höher als die fünf heiligen Berge Chinas und steht seit 1996 in der Welterbeliste der UNESCO.

Schon vor Jahrtausenden besangen die Dichter des alten Chinas die Schönheit des Emei, das Grün seiner Bergrücken, seine schroffen Felsen, die tiefen Schluchten, seine kristallklaren Quellen, die Bäche und Wasserfälle und seinen geheimnisvoll von Wolken verhüllten Gipfel.

Noch heute findet man auf dem Emei Shan eine einzigartige Vielfalt an Tieren und Pflanzen, darunter 29 Arten von Azaleen und beträchtliche Taubenbaumbestände. Die Tibetmakaken, eine Affenart, die auf dem Emei-Berg sehr verbreitet ist, sind an den Umgang mit Menschen bestens gewöhnt und häufig so keck, dass die Behörden Wächter angestellt haben, um die Besucher vor den Zudringlichkeiten dieser Bergbewohner zu schützen.

Ein erstaunliches physikalisches Phänomen, das früher göttlichen Mächten zugeschrieben wurde, sind die „Buddha-Strahlen", die vor allem auf dem Hauptgipfel Jinding in Erscheinung treten und die durch die Reflexion der Sonnenstrahlen im Wasserdunst der Luft entstehen. Wer an einem sonnigen, windstillen Tag vom Gipfel des Jinding in das darunter liegende Wolkenmeer schaut, kann darin die Reflexion seines eigenen, jeder Bewegung folgenden Schattens in Gestalt eines farbigen Lichtrings erblicken.

惩罚

　　在中国中部省份四川省境内的成都平原西南部，神圣地矗立着一座峨眉山。它的最高峰近3100米，比中国五岳名山都要高。1996年，峨眉山被联合国教科文组织列入世界自然与文化遗产名录。

Der Emei-Berg
峨眉山

　　千百年来，中国历代文人骚客们就歌颂峨眉山的壮美，她有着郁郁葱葱的山脊，险峻的岩石，深邃的峡谷，清澈的泉水、小溪和瀑布，还有云雾笼罩的山峰。

　　时至今日峨眉山上还生长着许多珍贵的动植物，其

Gemeinsam mit dem Wutai-Gebirge in Shanxi, dem Putuo-Gebirge in Zhejiang und dem Jiuhua-Gebirge in Anhui gehört das Emei-Gebirge zu den großen buddhistischen Bergen Chinas. Über 300 Mönche bewahren in den etwa 30 Tempeln der Emei-Berge das Erbe Bodhisattwa Samantabhadra, eines Nachfolgers Shakyamunis, dem Begründer der buddhistischen Lehre.

Bereits im ersten Jahrhundert unserer Zeitrechnung errichteten aus Indien zugewanderte buddhistische Missionare in den Emei-Bergen das erste buddhistische Kloster Chinas. Viele weitere Tempel kamen im Verlauf der Jahrhunderte hinzu, so dass Emei Shan bald eine der bedeutendsten buddhistischen Stätten Chinas wurde.

30 Kilometer westlich des Emei-Gebirges, am Zusammenfluss von Minjiang, Dadu und Qingyi am Fuß des Berges Lingyun, reckt sich die größte Buddhastatue der Welt in den Himmel: Der Leshan-Buddha.

Vor langer Zeit, es war schon in den Jahren der Tang-Dynastie, fasste ein Mönch des Lingyun-Klosters namens Hai Tong den Entschluss, ein göttliches Bildnis zu errichten, das die Schiffer vor den gefahrenreichen Fluten des Dadu-Flusses schützen sollte. Ein monumentaler Buddha sollte in die Felswand über dem Fluss gehauen werden. Die Dimensionen des Kunstwerks waren jedoch so gewaltig angelegt, das Hai Tong dessen Fertigstellung nach gut 90 Jahren Bauzeit nicht mehr erleben sollte – auch wenn die Legende besagt, er hätte sich erst zum Sterben nieder gelegt, nachdem das Werk vollendet war ...

Der Buddha von Leshan ist 28 Meter breit und 71 Meter hoch und überblickt von seiner Felswand alle drei Flüsse, den Minjiang, den Dadu und den Qingyi. Die Statue ist ein weithin sichtbares, Ehrfurcht

中有二十九种杜鹃花和大量的阔叶树木。山上有很多藏猕猴，它们不仅见人不怕，甚至非常大胆和顽皮，后来政府不得不派出专门的人员来保护游客免受这些猴子的侵犯。

"佛光"是峨眉山金顶的四大奇观之一，由于太阳光在云雾中发生反射，会形成神话般的景致，与书中关于神力的描述无异。若是天气晴朗，又无风作祟，从金顶朝脚下的云海望去，可以看到自己在云海表面的倒影，无论做什么动作，都会有一个彩色的光环围绕。

峨嵋和山西的五台、浙江的普陀和安徽的九华山一起，并称中国四大佛教名山。在山中大约三十座寺庙里共生活着三百多位和尚，他们是佛教创始人释迦牟尼的侍从普贤菩萨的信徒。

早在公元1世纪，首批到中国传教的印度僧人便在峨眉山上建立了中国第一座佛教寺院。接下来的几百年间，又兴建了更多的佛院，这样峨眉山便成了中国最著名的佛教圣地之一。

在距峨眉山以西三十公里的凌云山，也就是岷江、大渡河和青衣江三江汇合的地方，建有世界上最大的佛像——乐山大佛。

很久以前的唐朝初年，凌云寺的海通和尚接到旨意，要在险恶的大渡河上建一座神像以佑护过往的船

einflößendes Wahrzeichen des Emei-Gebirges und zugleich Manifestation menschlicher Religiosität, die in der Welt ihresgleichen sucht.

Suzhen war nun schon fast fünf Jahre lang unter der Pagode gefangen. Der Verzweiflung nah verzehrte sie sich in der Opferschale und sehnte sich zurück nach den glücklichen Zeiten mit ihrer Familie und den Freunden. Sie wusste aber, dass ihre Freundin Xiao Qing nichts unversucht lassen würde, sie zu befreien. Auf telepathischen Wegen war es Suzhen auch schon mehrfach gelungen, Kontakt mit der Freundin aufzunehmen, wodurch diese über Qings Pläne im Bilde war.

Nach der verheerenden Niederlage am Abend des Laternenfests versuchte Qing erst einmal, den fassungslosen und völlig aufgelösten Xian zu trösten. Noch am selben Abend fasste sie aber auch den Entschluss, Suzhen zu befreien, koste es, was es wolle.

Sie wusste, dass weder ihre Kräfte, noch ihre Kenntnisse in der Technik des Kampfes ausreichen würden, ihre gefangene Freundin aus dem Verlies unter der Leifeng-Pagode zu befreien. Um ihren Plan umsetzen zu können, musste sie einen Weg finden, an Kraft und Erfahrung erheblich hinzuzugewinnen. Die berühmteste, aber auch die anspruchsvollste Schule für Kraftsport und Kampftechnik befand sich in jener Zeit in den Klöstern des Emei-Gebirges. Xiao Qing war bereit, den langen und entbehrungsreichen Weg zu gehen. Schon am kommenden Morgen nahm sie Abschied von Xian und seinem Jungen. „Ich muss dich nun für längere Zeit verlassen. Ich darf dir leider nicht verraten, wohin ich reise und weiß auch noch nicht, wie lange ich wegbleiben werde. Ich verspreche dir aber, dass ich zurückkomme. Glaub mir, ich tue das nur für Suzhen."

只。直接在岩壁上建一座雄伟的佛像自然最好不过，但是工程巨大，前前后后用去了九十年，海通在佛像建成前就死了——不过也有传说讲，他是在佛像建成后才去世的。

乐山大佛71米高，28米宽，矗立在三江交汇处的陡峭岩壁上。这座大佛既是峨眉山威严的象征，也宣告着人类在世上找寻神灵的努力。

Buddha von Leshan
乐山大佛

白素贞被镇在雷峰塔下已经过了五个年头。在金钵里面她越来越不安，不时幻想着回到当年和亲朋好友在一起的幸福时光。她深知，小青一定会来救自己。冥冥

So, wie einst Bai Suzhen nach Kunlun Shan gereist war, setzte auch Xiao Qing sich nun auf eine Wolke und befahl dieser, sie in die Emei-Berge zu tragen. Es sollte fast fünf Jahre dauern, bis die grüne Dame ihren geliebten Westsee und die Freunde wieder sehen sollte.

Es war schon damals keineswegs üblich, Frauen die Erlaubnis zu erteilen, einem Kloster beizutreten. Die Klosterbrüder der Emei-Berge nahmen Xiao Qing dennoch sehr herzlich auf, machten aber sofort deutlich, dass viele entsagungsreiche Tage und beschwerliche Prüfungen vor ihr liegen würden. Harte Arbeit, asketisches Leben und eine anspruchsvolle Ausbildung in allen bekannten Techniken des Kampfes sollten sie innerhalb von acht Jahren zur Meisterin in allen Disziplinen werden lassen.

Qing war eine wahre Musterschülerin. Keine Übung war ihr schwierig genug und keine Arbeit zu schwer. Besonders in den Kampftechniken war sie sehr erfindungsreich und verblüffte die Lehrer immer wieder aufs Neue mit einfallsreichen Einlagen.

Kaum fünf Jahre waren vergangen, als der Abt ihres Klosters ihr mitteilte, dass es nichts gab, was man sie in seinem Kloster noch lehren konnte. In allen Disziplinen war sie ihren Lehrern weit überlegen. „Ich wünschte, du würdest unsere Arbeit hier als Lehrerin unterstützen!" Der Abt lächelte. „Aber ich denke, ich weiß, dass du eine wichtige Mission zu erfüllen hast. Viel Glück, Xiao Qing. Wir alle werden dich hier sehr vermissen."

Mit bewegtem Herzen und einer Kiste voll Geschenken der Klosterbrüder setzte sich die grüne Dame noch am selben Tag auf eine Wolke und machte sich auf den Weg nach Hause.

之中她已经感应到小青，知道了她的计划。

元宵节那晚的惨败之后，小青先是去安慰心灰意冷的许仙。当晚，她也暗下决心，无论代价如何也要把素贞解救出来。

可是她也清楚，无论是她个人的法力还是武功都不足以从雷峰塔下救出她的朋友，若想实现自己的计划，她必须找到增加法力的办法。当时最著名的练功习武之地便是峨眉山的寺庙，小青早已做好跋山涉水的准备。次日清晨，她向许仙和孩子道别："我得很久以后才能回来。我现在不能告诉你我究竟要去哪里，我也不知道什么时候才能返回。但我保证，我一定会回来。请相信我，这一切都是为了素贞。"

于是，就像白素贞去昆仑山那样，小青也唤出一朵白云，飞向峨眉山。这一去就是五年。

当时的寺院向来不收女徒。虽然峨眉山很愿意收下小青，但也有言在先，她要通过种种严峻的考验才能留下。小青必须在八年的时间里勤学苦练，掌握所有门类的功夫。

小青是个非常勤奋的学徒。什么训练都难不倒她，什么苦她都愿意吃，她在武功方面的悟性让师傅惊讶不已，于是不断地传授给她新的招数。

Xian war außer sich vor Freude, als die Freundin am frühen Vormittag die Tür seiner Apotheke öffnete. Er legte die Rezeptur, mit der er gerade beschäftigt war, beiseite.

„Ich wusste, dass du uns nicht vergessen würdest! Wie schön, dass du wieder da bist!" Erst, als die Tür sich öffnete und eine Kundin eintrat, gab er ihre Hände frei, die er bis zu diesem Moment fest umschlossen hielt. Er überreichte der Kundin ihre Medizin, verabschiedete sie und verriegelte hinter ihr die Tür zu seiner Apotheke. „Für heute ist erst einmal Schluss. Du musst mir erzählen, wie es dir erging. Und dann will ich dich dem Jungen vorstellen. Er ist tagsüber in der Obhut eines Kindermädchens."

Qing aber wollte keine Zeit verlieren. „Nein, Xian. Ich habe schon zu lange auf diesen Tag gewartet. Ich werde noch in dieser Stunde zur Leifeng-Pagode gehen. Du darfst mich ein Stück weit begleiten, musst mir aber versprechen, dich in gebührender Entfernung in Sicherheit zu bringen. Ich will kein Risiko eingehen."

Xian holte seinen Jungen und machte sich mit ihm und Qing auf den Weg zur Pagode, unter der die Mutter seit fast fünf Jahren gefangen gehalten wurde. Gut eine halbe Stunde, bevor sie den Gipfel erreicht hatten, drehte die grüne Dame sich um und verabschiedete sich von ihren Begleitern. „Bis hier her und nicht weiter. Ihr dürft mir auf keinen Fall folgen, egal, was ab jetzt geschehen wird. Von hier aus könnt ihr die Pagode recht gut im Auge behalten."

Oben angekommen, begann sie sogleich nach dem Eingang zu jener Krypta zu suchen, in welcher Fa Hai, die Opferschale versteckt hielt, in der die weiße Schlange gefangen war.

不到五年，寺院的住持便告诉她，她已经把能在这里学到的技艺都掌握了，而且每个方面都超过了她的师傅。"我非常希望你能留下来帮助我们，"住持笑道，"但我也知道你还有艰巨的任务要完成。祝你好运，小青，我们会想念你的。"

带着一包师兄弟们送的礼物，小青依依不舍地告别寺庙，乘云飞回家。

清晨许仙打开药店的大门，抬眼看到小青，不禁喜出望外。他立刻放下手中的活计。

"我就知道你不会忘记我们！你能回来真好！"他紧紧握住小青的手，直到有人进来买药时才松开来。他开好了方子，待客人一出门旋即将门关上。"今天药店的生意就到这里吧。你快告诉我，到底发生了什么事情。一会儿我带你去看儿子，他白天都放在保姆那里。"

小青一刻也不想耽误。"不行，许仙！我等这一天已经太久，我要马上动身去雷峰塔。你可以送我一程，但你得保证离塔远些，确保安全，我可不想你们为此冒险。"

许仙接回孩子，便和小青一道前去雷峰塔。约莫半个时辰，他们来到山顶，小青转身与许仙和孩子道别："从现在开始，你就不要再跟着我了，无论发生什么事

„Ich wusste, dass du eines Tages kommen würdest. Es war nur eine Frage der Zeit." Xiao Qing zuckte zusammen. Ein böses Funkeln blitzte aus den Augen des falschen Mönchs. „Ich werde dich zerstören. Nie wieder wirst du es wagen, mich an diesem heiligen Ort zu stören. " Er schleuderte einen heftigen Blitz gegen die grüne Dame, die sich jedoch geschickt zur Seite werfen konnte.

„Wie du nur das Wort ‚heilig' in den Mund nehmen kannst!" Wütend erwiderte die grüne Dame diese Unverschämtheit mit einer ganzen Salve von Blitzen, begleitet von Stürmen, Flutwellen und einer dichten Wolke mit beißendem Rauch.

Völlig überrascht von der Wucht des Gegenangriffs, zog sich Fa Hai erst einmal hinter einen erhöhten Felsen zurück, wo er sich in Sicherheit glaubte. Es dauerte nicht lange bis er seine Angriffe auf die grüne Dame fortsetzte, doch ganz im Gegensatz zu früher wehrte diese die Angriffe so gekonnt ab, dass sämtliche Blitze und Flutwellen des Gegners ins Leere liefen.

Auch am nächsten Morgen war der Kampf noch in vollem Gange und die Bewohner Hangzhous waren bereits seit Stunden in heller Aufregung. Viele ahnten, dass sich dort oben bei der Leifeng-Pagode Dinge ereigneten, die außerhalb ihrer Vorstellungskraft lagen.

Qings Gegenangriffe brachten Fa Hai immer wieder in heftige Bedrängnis, eine Entscheidung war aber auch nach drei Tagen noch nicht abzusehen.

Der Lärm und das Feuer des Kampfes waren jedoch so unerträglich geworden, dass der höchste Buddha im Himmel davon erwachte und

情，你们千万不要靠近。在这里，你们就可以看到雷峰塔的情形了。"

及至塔处，她立刻开始找寻通往法海用金钵镇住素贞的地方。

"我就料到你总有一天会来，不过是时间早晚的问题罢了。"小青闻言一惊，发现那个恶和尚突然冒了出来，眼露凶光。"我要降伏你。看你还有没有胆量再来破坏这个圣地。"他向小青发出一道闪电，但被她灵巧地躲过。

"凭你也配说'圣地'二字！"小青愤怒地向这个无耻的和尚击出一掌，掌中挟有狂风暴雨和乌云闪电。

法海哪里见过这般攻势，为了保命快速躲闪到岩石后面。不一会儿，他又跳出来向小青发起反攻，可是与以往不同，他的闪电和洪水完全不起作用。

鏖战一直持续到次日清晨，整个杭州城的百姓都在激动不安地观战。许多人猜测，雷峰塔上的这番打斗绝非凡间的力量所及。

面对小青的进攻，法海渐渐难以招架，但打斗了三天，仍然没有分出胜负。

打斗的声响和火焰惊动了天上的佛祖，他睁开眼睛

auf die Erde blickte, um nachzusehen, was da unten vor sich ging. Dort bei der Leifeng-Pagode oberhalb des Westsees sah er die heftigen Blitze und die empor steigenden Rauchschwaden.

Tief empört sah der Buddha die gestohlenen Heiligtümer, Mantel und Stab: Er bemerkte bei dieser Gelegenheit, dass auch die Opferschale abhanden gekommen war. Sie musste ebenfalls dort unten sein, auch wenn er sie nicht sehen konnte. Augenblicklich befahl er seinem Besitz, wieder zu ihm in den Himmel zu fliegen. Mantel und Stab flogen augenblicklich nach oben. Die Opferschale befand sich jedoch unter der Pagode. Der Befehl des Buddhas verlieh ihr aber eine solche Wucht, dass die Leifeng-Pagode in sich zusammen fiel. Die Opferschale selbst zerbrach dabei und fiel auf die Erde nieder.

Fa Hai, durch den Verlust der göttlichen Insignien machtlos geworden, schwang sich mit seinen verbleibenden magischen Kräften zu Himmel empor um sich bei dem betrogenen Buddha zu entschuldigen und ihn um Verzeihung und Unterstützung zu bitten. Im selben Augenblick jedoch sah der Buddha, wie sich eine weiße Schlange aus der zerstörten Opferschale befreite und augenblicklich die Gestalt einer schönen Frau annahm. Dabei durchschaute er die ganze Dimension des Bösen, das Fa Hai zu verantworten hatte. Den Buddha ergriff eine solch abgrundtiefe Wut und Abscheu vor dem falschen Mönch, dass er ihm so einen heftigen Schlag versetzte, dass dieser sich augenblicklich in einen lächerlich kleinen Krebs verwandelte und als solcher in hohem Bogen in den Westsee plumpste.

Nach den Jahren der Gefangenschaft war Suzhen zuerst noch etwas unsicher auf den Beinen. Xiao Qing kam der Freundin entgegen und drückte sie fest an ihre Brust. „Suzhen! Wie schön! Wie sehr du uns

向凡界下望，想知道究竟发生了什么事情。在西湖边的雷峰塔处他看到了强烈的闪电和滚滚的浓烟。

佛祖这才看到自己的圣物——袈裟和禅杖被盗，不禁大怒。他又发现金钵也不见了踪影，如果不在天上，那一定也是在人间。于是他立刻召唤这些圣物回到身边。袈裟和禅杖马上回到了天上。那只金钵本还埋在雷峰塔下，佛祖召唤的力量实在太大，雷峰塔随之倒塌，钵也破碎了，散落在地下。

没了法宝，法海也失去了法力，他借着最后一点气力飞到天上，跪在佛祖面前请求饶恕和帮助。与此同时，佛祖看到一条白蛇从金钵里爬出来，瞬间变成了一位美丽的妇人，他立刻明白了这一切都是法海作恶。佛祖对这个假和尚顿生憎恶，轻轻一击，就把法海变成了一只可笑的小螃蟹，从桥上"扑通"一声跌进了西湖水中。

素贞被压在塔下的时间太久了，一时都还站立不稳。小青跑向素贞，将她紧紧地拥在怀里。"素贞，太好啦！你让我们想得好苦！这一切终于结束了，那个坏蛋从现在起就只能跟鱼儿们打斗了。一起走吧，许仙和孩子正等着你呢。"

手挽着手，两个好朋友沿着雷峰塔下的破碎石阶走下来。

allen gefehlt hast. Nun ist es vorbei. Der Bösewicht wird ab heute nur noch gegen Fische kämpfen. Komm, Xian und dein Kind warten schon auf dich."

Arm in Arm stiegen die beiden Freundinnen die beschädigte Treppe hinab, die zur Leifeng-Pagode geführt hatte.

Für eine kleine Ewigkeit hielten Bai Suzhen und Xu Xian sich ganz fest in den Armen. „Nie wieder sollst du mich verlassen, Liebste!"

Nach ein paar stillen Tagen in vollkommener Zurückgezogenheit öffneten Suzhen und Xian wieder die Tür zu ihrer Apotheke. Zusammen mit ihrem Sohn und der heldenhaften Freundin Xiao Qing erfreuten sie sich noch vieler schöner Jahre am Westsee.

Bai Suzhens Schicksal rührte die Menschen in Hangzhou so sehr, dass sie ihre Lebensgeschichte in der neu erbauten Leifeng-Pagode in kunstvollen Bildreliefs wiedererstehen ließen. In ganz China kennt man die Legende der weißen Schlange. In Theater, Oper und Film hat Bai Suzhens Schicksal die Herzen der Menschen bewegt.

Die Grenzen zwischen Fantasie und Wirklichkeit sind fließend. Der Westsee und die weiße Schlange bilden eine Einheit in der sich die Schönheit der Landschaft mit menschlicher Vorstellungskraft vereint. Den wahren Zauber des Westsees und seiner Menschen erfährt jedoch nur, wer das Geheimnis der weißen Schlange kennt.

白素贞和许仙久久地相拥在一起。"你不能再离开我了，亲爱的。"

静静地休整了几日后，素贞和许仙的药店又重新开张了。有儿子和挚友小青相伴，他们在西子湖畔的生活更加幸福美满。

白素贞的故事深深地打动了杭州的百姓。他们在重修雷峰塔时不忘绘制一幅关于白蛇的壁画。白蛇的传奇在中国几乎家喻户晓，无论是在戏曲、歌剧还是电影里，白娘子的命运总能感动人心。

幻想与现实水乳交融。在风光和故事的完美结合下，秀美景致和人类想象浑然一体。唯有知晓了白蛇的秘密，方能真正读懂西湖美景和生活在那里的人们。

Stille am See
静寂的湖面

Nachwort

"Wie gut ist es, Freunde zu haben, die aus der Ferne kommen." Mit diesem berühmten Wort des großen Konfuzius möchte ich an all jene denken, die mich mit viel Kraft und großem Vertrauen bei der Veröffentlichung unterstützt und maßgeblich mit zum Gelingen dieses Buches beigetragen haben. Mein Dank geht an das Konfuzius-institut Düsseldorf und ganz besonders an dessen Direktorin, Frau Deng Xiaojing, ohne deren Wertschätzung und Unterstützung diese vorliegende zweisprachige Ausgabe nicht möglich gewesen wäre. Sie war es auch, die den Kontakt zum chinesischen Fremdsprachenverlag FLTRP hergestellt und gefördert hat, dem ich ebenfalls herzlich für das entgegengebrachte Vertrauen und das große Engagement danken möchte.

Die Welt chinesischer Sagen und Legenden aus dem Blickwinkel eines deutschen Autors – könnte das nicht für Leser aller Kulturkreise Inspiration und Motivation sein, besser auf einander zu hören und sich mit mehr Interesse gegenüber zu treten? Die vorliegende deutsch-chinesische Ausgabe soll dieses Fenster öffnen und die Düfte und Sinne beider Welten zusammenbringen und vermischen. Das wünsche ich mir.

Helmut Matt
Herbolzheim, 22. September 2009

后　记

"有朋自远方来，不亦乐乎！"我想借用孔子的这句名言，向在本书出版过程中给予我鼎力支持和充分信心的所有朋友们致谢。我要特别感谢德国杜塞尔多夫孔子学院以及时任该院中方院长的邓晓菁女士。若无她的慧眼识珠和大力支持，便不会有这个双语版本的诞生。她还积极促成了我与中国著名的出版机构——外研社的合作，出于后者的信任及其工作人员的全情投入，本书才得以顺利面世，在此一并表示衷心的谢意。

透过一个德国人的视角去窥探中国的传说和神话天地——对于来自不同文化圈的读者来说，这何尝不是一种激发彼此去用心倾听、换位思考的灵感与动力？眼前这本德汉对照的小册子将为您打开一扇窗，让两个世界的馨香和情感能够顺畅流通并充分交融。

这，便是我写作此书的心愿。

赫尔穆特·马特
2009年9月22日于赫伯兹海姆